SCHNUPPER!
SCHNUPPER!
SCHNUPPER!
SCHNUPPER!
KAUKO
200
200
200
200
200
200 EURO EYRΩ

Timo Parvela

PEKKAS GEHEIME AUFZEICHNUNGEN

Die Wunderelf

Timo Parvela

PEKKAs GEHEIME AUFZEICHNUNGEN

Die Wunderelf

Aus dem Finnischen von
Anu und Nina Stohner
Mit Bildern von Pasi Pitkänen

Carl Hanser Verlag

1.

BALLZAUBERER-
TURNIER
MACH MIT!
SPIEL MIT!
MELDE DEINE MANNSCHAFT AN!

2.

Ich bin verliebt. In meinen neuen Fußball. Na ja, genau genommen liebe ich es, ihn durch die Gegend zu kicken.

Vater: Pekka, hör damit *sofort* auf!

Mutter: Das gibt doch hässliche Flecken an den Wänden. Geh raus, wenn du Fußball spielen willst!

Allen großen Fußballern hat man am Beginn ihrer Karriere Steine in den Weg gelegt.

Riku Raku

3.

Ich spiele in einer klasse Mannschaft, und wir wollen am Ballzauberer-Turnier teilnehmen. Das wird toll! Ich trainiere jeden Tag dafür. Leider werden nicht alle von uns mitspielen können. Dazu sind wir zu viele. Aber *ich* bin in jedem Fall dabei. Ich werde bestimmt der beste Spieler des Turniers!

4.

Ich verstehe immer noch nicht, was passiert ist. In unserer Mannschaft haben wir drei Stürmer: mich und die Zwillinge Riku und Raku. Aber nur für zwei von uns ist Platz in der Turniermannschaft.

Erst war noch alles gut. Der Trainer hat uns um Plastikhütchen dribbeln lassen, und ich war der Schnellste.

Dann mussten wir aufs leere Tor schießen, und ich hab öfter getroffen als alle anderen.

Zum Schluss mussten wir den Ball auf dem Kopf jonglieren. Ich hab's hundertmal geschafft, Riku fünfzigmal und Raku dreißigmal. Die Sache war meiner Meinung nach vollkommen klar.

Ich gab den Zwillingen die Hand. Es war ein fairer Wettstreit gewesen.

Ich: Tut mir leid, dass einer zuschauen muss, aber so läuft's nun mal im Sport.

Riku: Stimmt. Und vielleicht läuft's ja schon nächstes Mal anders.

Raku: Man kann nicht immer gewinnen.

Riku: Vielleicht kannst du uns die Trinkflaschen reichen.

Raku: Oder uns die Taschen tragen.

Riku: Oder uns die Taschen tragen *und* die Trinkflaschen reichen.

Ich: Wovon redet ihr eigentlich?

Dann gab der Trainer die Mannschaftsaufstellung bekannt. Neben ihm stand ein glatzköpfiger Mann mit einem großen Pappkarton unter dem Arm.

Trainer: Im Sturm spielen Riku und Raku.

Alle klatschten. Man kann nicht immer gewinnen, aber verlieren ist ganz schön mies.

Trainer: Und nun möchte ich mich bei Rikus und Rakus Vater dafür bedanken, dass er unserer Mannschaft so tolle Trikots spendiert!

Der Trainer holte die ersten glänzend roten Trikots aus dem Karton: eins mit der 10 und Rikus Namen auf dem Rücken und eins mit der 11 und Rakus Namen auf dem Rücken.
Ich hab mich nur ein bisschen gewundert, wie ihr Vater schon vorher wissen konnte, dass die Namen der Zwillinge auf die Trikots gedruckt werden mussten. Überhaupt war die 10 sonst meine Rückennummer.

5.

Mutter: Was ist denn mit Pekka los? Er hat ja fast nichts gegessen.

Vater: Stimmt. Nur sechs Fleischbällchen, drei Kartoffeln, zwei Scheiben Brot und zwei Portionen Nachtisch. Und von der Milch hat er auch nur drei Gläser getrunken. Wenn das so weitergeht, ist von dem Jungen bald nichts mehr übrig.

Mutter: Eben. Wolltest du nicht mit ihm reden?

Mein Vater ist dann abends in mein Zimmer gekommen. Er hat sich auf die Bettkante gesetzt und mir die Haare verwuschelt.

Vater: Ich hab dir eine Banane mitgebracht. So eine Nacht ist ja lang.

Ich: Ich hab keinen Hunger.

Vater: Was ist denn los? Fehlt dir was?

Ich: Nein.

Vater: Kopf hoch, Pekka! Bald habt ihr ja euer Turnier. Das wird bestimmt toll. Stell dir vor, Onkel Remu und Tante Karoliina wollen dafür extra aus Australien kommen. Sie haben schon die Flugtickets gekauft. – Du hast Remu und Karoliina doch gern, oder?

Klar hab ich die beiden gern. Onkel Remu ist supernett und kauft mir Riesenportionen Eis, und Karoliina ist auch supernett. Sie war mal meine Schwimmlehrerin, und jetzt ist sie Onkel Remus Frau. Das Problem war eben nur, dass ich bei dem Turnier gar nicht mitspielen würde.

Mein Vater tätschelte mir noch den Kopf, bevor er ging. Hinterher redeten sie in der Küche über mich, und ich konnte alles hören.

Mutter: Und?

Vater: Der Junge ist nur ein bisschen aufgeregt wegen dem Turnier. Nach unserer kleinen Unterhaltung hat er schon einen viel muntereren Eindruck gemacht.

Dabei war es mir noch nie so mies gegangen.

6.

In der Schule haben alle nur über das Turnier geredet. Alle freuten sich darauf und fanden es die tollste Sache der Welt. Riku und Raku hatten sogar schon ihre Trikots angezogen. Die rote Farbe tat einem in den Augen weh, aber die Zwillinge waren damit die Kings.

Der Mathelehrer wollte ein Autogramm von ihnen.

Timo und Mika wollten sich dieselben Frisuren schneiden lassen.

Tiina malte den Zwillingen eine Postkarte.

Der Sportlehrer lachte über ihre doofen Witze.

7.

Auf dem Heimweg hab ich dann einen netten Hund getroffen. Er stand auf den Hinterbeinen und wühlte in einem der Mülleimer im Park. In dem Mülleimer gab's anscheinend irgendwas Interessantes. Ich wollte dem Hund helfen und hab ein bisschen in den Abfällen herumgewühlt. Ganz unten auf dem Boden lag ein Tennisball. Er war schon ziemlich abgewetzt. Der Hund hat erst gewinselt, dann hat er sich hingesetzt und sich die Lippen geleckt. Und die ganze Zeit hat er den Ball angestarrt. Da hab ich ihm den Ball in die Wiese geworfen, und er ist pfeilschnell hinterhergeflitzt.

Erst da ist mir aufgefallen, dass der Hund nur drei Beine hatte. Die eine Vorderpfote war nur ein Stummel. Trotzdem hat er jeden Ball erwischt und ihn mir stolz zurückgebracht. Er schien einen Riesenspaß daran zu haben, genau wie ich.

8.

Natürlich hab ich mit meinen besten Freunden über meinen Frust geredet.

Ella: Blöd gelaufen, Pekka.

Tiina: Aber wir halten zu dir.

Timo: Wo die Not am größten ist, ist das Klo am weitesten.

Timo ist unser Klassengenie, aber seine Sprüche versteht man trotzdem nicht immer.

Mika: Meinst du, meine Mutter könnte dir helfen?

Der Rambo: Soll ich jemandem eins auf die Nase geben?

Hanna: Gründe doch einfach eine eigene Mannschaft und nimm mit der an dem Turnier teil!

Typisch Hanna. Das war endlich mal ein guter Rat.

9.

Ich hab mir die besten Spieler der Welt ausgesucht, weil ich dachte, dass die alle zusammen auch eine gute Mannschaft geben müssten.

- MESSI
- RONALDO
- MÜLLER
- IBRAHIMOVIC
- RIBERY
- NEYMAR
- LEWANDOWSKI
- BALE
- TOTTI
- BUFFON
- ICH

10.

Es gibt leider ein Problem: Ich hab den ganzen Samstag versucht, meine neuen Mannschaftskameraden anzurufen und zum Training einzuladen, aber ich konnte keinen von ihnen erreichen. Es liegt wahrscheinlich daran, dass ich ihre Telefonnummern nicht habe. Und ihre Adressen kenne ich auch nicht. Ehrlich gesagt, weiß ich nicht mal, welche Sprache sie genau sprechen.
Zum Glück hab ich schon eine Idee: Ich schicke ihnen eine Flaschenpost.

Ich hab allen anderen Spielern meiner Mannschaft den gleichen Brief geschrieben, und die Briefe hab ich dann in Gewürzgläschen mit Schraubverschluss gesteckt. Schade, dass das Meer so weit von hier weg ist! Es wäre viel einfacher, eine Flaschenpost zu verschicken, wenn wir am Meer wohnen würden.

Vater: Wo ist eigentlich Pekka?

Mutter: Er bastelt irgendwas in seinem Zimmer. Der Junge macht wirklich wieder einen ganz munteren Eindruck.

Am Abend hab ich die Gläschen vorsichtig in die Kloschüssel gelegt und runtergespült. Unser Lehrer hat uns mal erklärt, dass alles Wasser irgendwann ins Meer fließt, dann muss das Wasser aus unserem Klo ja auch dahin fließen.

Vater: Ist Pekka immer noch auf der Toilette?

Mutter: Das war jetzt schon das zehnte Mal, dass er gespült hat!

Vater: Das ist die Aufregung wegen dem Turnier.

11.

14 Uhr. Ich mache mir Sorgen. Heute ist der letzte Tag, an dem man sich für das Turnier anmelden kann, und ich weiß immer noch nicht, ob ich jetzt eine Mannschaft habe oder nicht. Es ist nämlich noch keine Antwort gekommen.

Mutter: Pekka rennt immer noch die ganze Zeit auf die Toilette.

Vater: Der Junge hat eben eine gute Verdauung.

14.15 Uhr. Nichts.

14.16 Uhr. Wieder nichts.

14.16.45 Uhr. Immer noch nichts.

14.19 Uhr. Meine Mutter will mit mir reden.

Mutter: Pekka, ist alles in Ordnung?

Ich: Wieso?

Mutter: Du kannst es mir ruhig sagen, wenn dich was bedrückt.

Ich: Ja, klar. War's das?

Mutter: Es ist nicht gut, wenn man über Probleme nur still vor sich hin brütet. Es ist besser, offen darüber zu sprechen.

Ich: Also gut, ich warte auf eine wichtige Nachricht.

Mutter: Und von wem?

Ich: Von Lionel und Zlatan zum Beispiel.

Mutter: Wie nett! Sind das Freunde von dir?

Ich: Schon. Aber ich muss jetzt wirklich …

Die Badezimmertür war dann leider abgeschlossen. Mein Vater war auf dem Klo. Ich machte mir echt Sorgen. Was, wenn ausgerechnet jetzt eine Antwort kam?

Ich: In der Kloschüssel, ist da was?

Vater: Was, bitte, sollte denn da sein?

Ich: Irgendwas … Ungewöhnliches.

Vater: Nein, nur das Übliche.

Ich: Könntest du vielleicht trotzdem nicht spülen?

Gleich darauf hab ich die Spülung gehört. Mein Vater kam kopfschüttelnd aus dem Bad, und ich bin reingestürzt. In der Kloschüssel war nichts. Nur auf dem Badewannenrand: Jemand hatte ein nasses Stück Papier zum Trocknen darauf ausgebreitet.

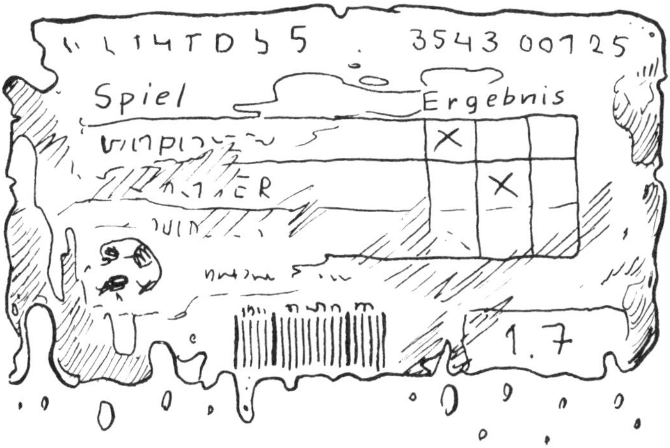

Ganz klar: Wenigstens einer hatte meine Flaschenpost bekommen und wollte in meiner Mannschaft mitspielen! Ich bin gleich zum Computer gerannt und hab meine Mannschaft angemeldet. Ich hab sie »Pekkas Wunderelf« genannt, abgekürzt PWE. Nicht so schön war, dass man für das Turnier Startgeld bezahlen musste. Zweihundert Euro. Das war viel Geld, aber ich war mir sicher, dass ich es schon irgendwie auftreiben würde.

12.

13.

Die Brieftasche war aus schwarzem Leder, und es waren Geldscheine und ein Personalausweis drin. In dem Ausweis war ein Bild von einem glatzköpfigen Mann, der ganz schön grimmig dreinschaute und Wertti Matala hieß. Außerdem steckte in einem Fach der Brieftasche ein zusammengefalteter Zettel mit einer Adresse: Birkenweg 45.

Ich zählte das Geld. Es waren zweihundert Euro – genauso viel, wie ich für das Turnier brauchte. Ich schaute mich um und überlegte, ob mich jemand gesehen hatte. Im Park war kein Mensch. Niemand hätte es je erfahren, wenn ich das Geld genommen hätte. Aber macht man so was?

14.

Der Birkenweg liegt auf der anderen Seite der Stadt, und bis dahin ist es richtig weit. Zum Glück hatte ich Gesellschaft: Der Hund wollte unbedingt mitkommen.

Im Birkenweg gab es lauter Einfamilienhäuser. Auf dem Briefkasten von Nummer 45 stand der gleiche Nachname wie in dem Ausweis in der Brieftasche: Matala. Als ich klingelte, kam eine nette Frau an die Tür. Sie sah ein bisschen aus wie meine Mutter.

Ich: Ich hab die Brieftasche von deinem Mann gefunden.

Die Frau: Ich bin aber gar nicht verheiratet.

Ich: In der Brieftasche war aber die Adresse hier.

Ich hab ihr den Zettel gezeigt, und sie hat ihn sich angeschaut und die Stirn gerunzelt.

Die Frau: Darf ich die Brieftasche mal sehen?

Klar durfte sie das. Sie hat sich auch das Bild im Ausweis angeschaut und die Stirn gleich noch mehr gerunzelt.

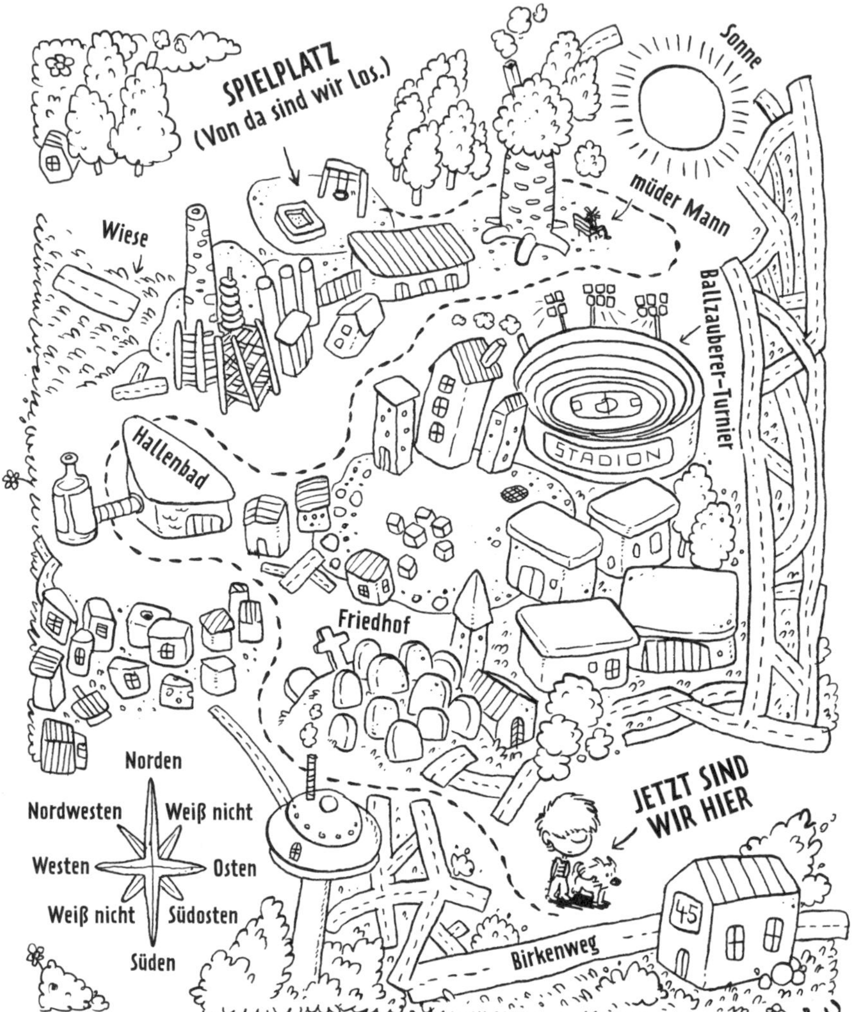

Ich: Kennst du den Mann?

Die Frau: Ja. Ich bin übrigens Minni. Und das ist mein Bruder Wertti. Wir haben aber schon fast zehn Jahre Streit.

Ich: Und wo wohnt er?

Minni hat mit den Achseln gezuckt. Sie wusste es nicht. Sie und ihr Bruder hatten die ganzen Jahre nicht mehr miteinander geredet. Ich fand das traurig. Wenn ich einen Bruder oder eine Schwester hätte, würde ich doch mit ihnen reden!

Ich: Könntest du deinen Bruder nicht suchen und ihm die Brieftasche und das Geld bringen?

Minni: Doch, schon. Vielleicht sollten wir uns wirklich mal wieder treffen. Gut möglich, dass Wertti genauso denkt. Vielleicht hat er deshalb meine Adresse in der Brieftasche. – Sag mal, wie heißt du eigentlich?

Ich: Pekka. Ich hab eine eigene Fußballmannschaft, und wir nehmen bald am Ballzauberer-Turnier teil. Meine Mannschaft heißt »Pekkas Wunderelf«.

Minni: Toller Name! Und wer spielt außer dir noch mit?

Ich hab's ihr erzählt, und Minni fand es klasse, dass so viele Ausländer in meiner Mannschaft mitspielten.

Minni: Und dein kleiner Freund hier, wie heißt der?

Ich: Das ist … äh … Totti.

Minni: Danke, ihr beiden, dass ihr die Brieftasche vorbeigebracht habt!

Totti und ich sagten Tschüs und gingen.

15.

Mein Vater wollte was von mir.

Vater: Hast du mit meinem Handy telefoniert?

Ich: Nur ein paarmal.

Vater: Nach Spanien?

Ich: Kann schon sein. Jedenfalls hab ich's versucht.

Vater: Und nach Deutschland?

Ich: Kann auch sein.

Vater: Nach Italien, Holland, Argentinien, Frankreich, England, Schweden und Jyväskylä?

Ich: Jyväskylä? Das war dann ein Versehen.

Vater: Ich werde aus dir nicht mehr schlau. Ich weiß nur, dass du ein Problem hast, und darum gehen wir jetzt zum Arzt. Das heißt, wenn wir nach der Handyrechnung noch Geld für den Arzt übrig haben.

Ich: Zum Arzt? Kann ich da einen Freund mitnehmen?

Vater: Von mir aus.

Hinterher hat mir mein Vater die Haare verwuschelt. Er war auch schon ein bisschen ruhiger. Erwachsene werden leicht nervös, aber zum Glück hält es meistens nicht lange an.

16.

In der Schule redeten immer noch alle von dem großen Turnier. Ich lächelte nur still vor mich hin. Die würden Augen machen, wenn sie meine Wunderelf sahen!

17.

Wir waren beim Arzt. Mein Vater, der Hund und ich.

Arzt: Was fehlt dem Jungen denn?

Vater: Er hat's mit dem Magen, telefoniert mit dem Handy in ganz Europa herum, isst nicht mehr richtig und rennt die ganze Zeit auf die Toilette.

Arzt: Stimmt das, Pekka?

Ich: Ich hab nur auf eine Nachricht gewartet.

Arzt: Und von woher, wenn man fragen darf?

Ich: Aus dem Klo.

Vater: Da sehen Sie's!

Arzt: Kannst du mir das mit der Nachricht aus dem Klo ein bisschen genauer erklären?

Ich: Klar.

Ich holte den Zettel aus der Tasche, den ich auf dem Badewannenrand gefunden hatte. Er war immer noch zerknittert, aber schon getrocknet. Der Arzt schaute sich den Zettel an, und mein Vater wurde ganz schön nervös.

Arzt: Sagt Ihnen der Zettel was?

Vater: Äh … ja. Ich hab mich schon gewundert, wo er hingekommen ist.

Arzt: Aha. Und was für ein Zettel ist das genau?

Vater: Nun ja … äh … ein Wettschein für die Fußballwette. Er ist mir ins Waschbecken gefallen, und ich hab ihn zum Trocknen auf den Badewannenrand gelegt. Von da ist er dann verschwunden.

Der Arzt schaute lange auf die verwaschenen Ziffern auf dem Schein.

Arzt: Beim zweiten Spiel hätte ich auf ein Unentschieden getippt.

Mein Vater war rot geworden und ich kreideweiß. Es war also gar keine Nachricht für mich gewesen. *Niemand* hatte auf meine Einladung geantwortet, und ich hatte trotzdem eine ganze Mannschaft für das Ballzauberer-Turnier angemeldet.

Arzt: Der Junge sieht mir in der Tat ein bisschen blass aus, aber sonst ist er kerngesund. Vielleicht sollte er sich mehr bewegen, zum Beispiel Fußball spielen. Das ist ein schönes Hobby. Hier findet doch bald dieses Ballzauberer-Turnier statt – bei so was sollte er mitmachen.

Erst als wir schon gehen wollten, ist mir Totti eingefallen, der die ganze Zeit brav gewartet hatte.

Ich: Könnten Sie vielleicht auch den Hund gesund machen?

Der Arzt war so nett und schaute sich Totti an. Er schüttelte erst den Kopf, aber dann nahm er einen Zettel und schrieb eine Adresse auf.

18.

Mutter: Und? Was hat der Arzt gesagt?

Vater: Dass mit ihm alles in Ordnung ist.

Mutter: Und was ist mit den Nachrichten aus der Toilette, auf die er wartet?

Vater: Alles ganz normal.

Ich: Aber *er* versteckt da Wettscheine.

Mutter: Wirklich?

Vater: Pekka, warum gehst du nicht ein bisschen Fußball spielen? Du hast doch gehört, was der Onkel Doktor gesagt hat.

19.

Ich war mit Totti im Park. Auf einmal war alles ganz schön knifflig. Nur noch eine Woche bis zum Turnier, und meine Wunderelf brauchte dringend mehr Spieler. Ich war mir immer noch sicher, dass wenigstens einer von den eingeladenen Spielern kam. Aber das würde ja nicht reichen. Also hab ich schon mal eine Liste mit Ersatzspielern angelegt.

NAME	+	–
Hanna	ist praktisch veranlagt	außer beim Fußball
Tiina	ist energisch	außer beim Fußball
Ella	ist echt klasse	außer beim Fußball
Mika	ist ein echter Batman	außer beim Fußball
Timo	ist ein Genie	außer beim Fußball
Der Rambo	ist ein Spitzenangreifer	außer beim Fußball
Vater	mag Sport	aber Mutter hat's ihm verboten
Mutter	ist die geborene Direktorin	will aber alles bestimmen
Nachbar Eino	ist ein Kämpfer	aber langsam (90 Jahre alt)
Oma	kann gut backen	backt aber immer zu viel
Totti	hat Ballgefühl	ist aber ein Hund
Onkel Remu	sieht einem Fußball ähnlich	wohnt aber weit weg
Karoliina	ist eine Sportskanone	wohnt aber auch weit weg

Ich war zufrieden mit meiner Liste. Sie war echt Spitze!

20.

Tierarzt: Na, wen haben wir denn da?

Ich: Totti.

Tierarzt: Wie der italienische Fußballer?

Ich: Nur mit drei Beinen.

Tierarzt: Stimmt, jetzt seh ich's auch. Aber er ist trotzdem ein Prachtkerl. Und wenn er's bisher mit drei Beinen geschafft hat, dann wird er's auch in Zukunft schaffen. Er braucht nur ein gutes Zuhause, aber das brauchen wir schließlich alle.

Ich: Und könnten Sie ihm so ein Zuhause verschreiben?

Tierarzt: Nein, leider nicht.

Da haben wir dem Tierarzt Tschüs gesagt, Totti und ich.

21.

Riku und Raku nervten ohne Ende. Sie hatten rausgekriegt, dass ich eine eigene Mannschaft zum Turnier angemeldet hatte.

Riku: PWE – was soll *das* denn heißen?

Raku: Pekkas Weicheier?

Riku: Oder Pekkas Watschelelf?

Ich: Pekkas Wunderelf natürlich!

Die Zwillinge rannten lachend weg. Sie zeigten mit den Fingern auf mich und erzählten allen, die es hören wollten, meine Mannschaft hieße angeblich »Pekkas Wackelelf«.

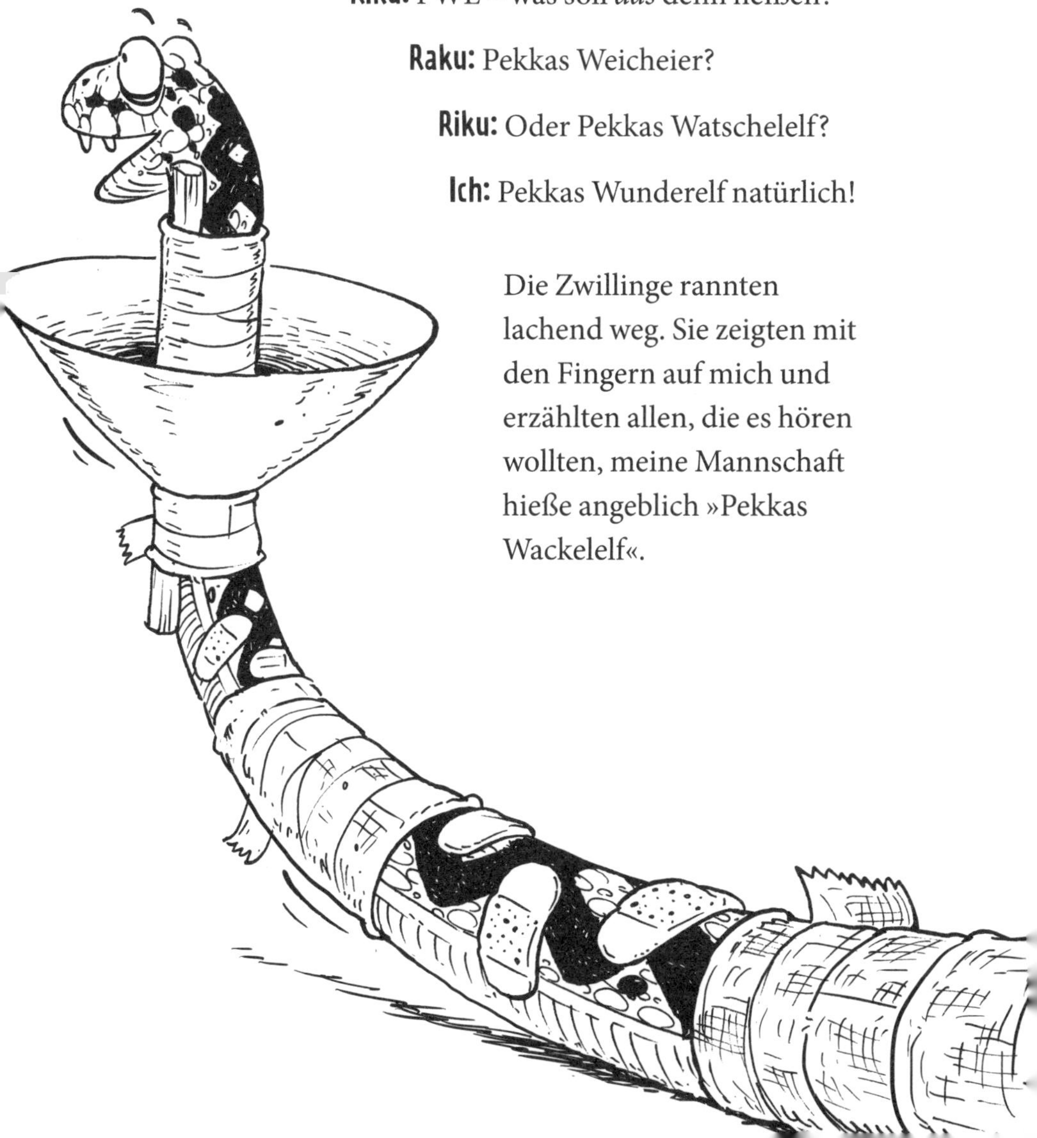

22.

Später am Tag kam unser Nachbar Eino mit seinem Rollator vorbei.

Ich: Spielst du Fußball?

Eino: Was?

Ich: FUSSBALL!

Eino: Hä?

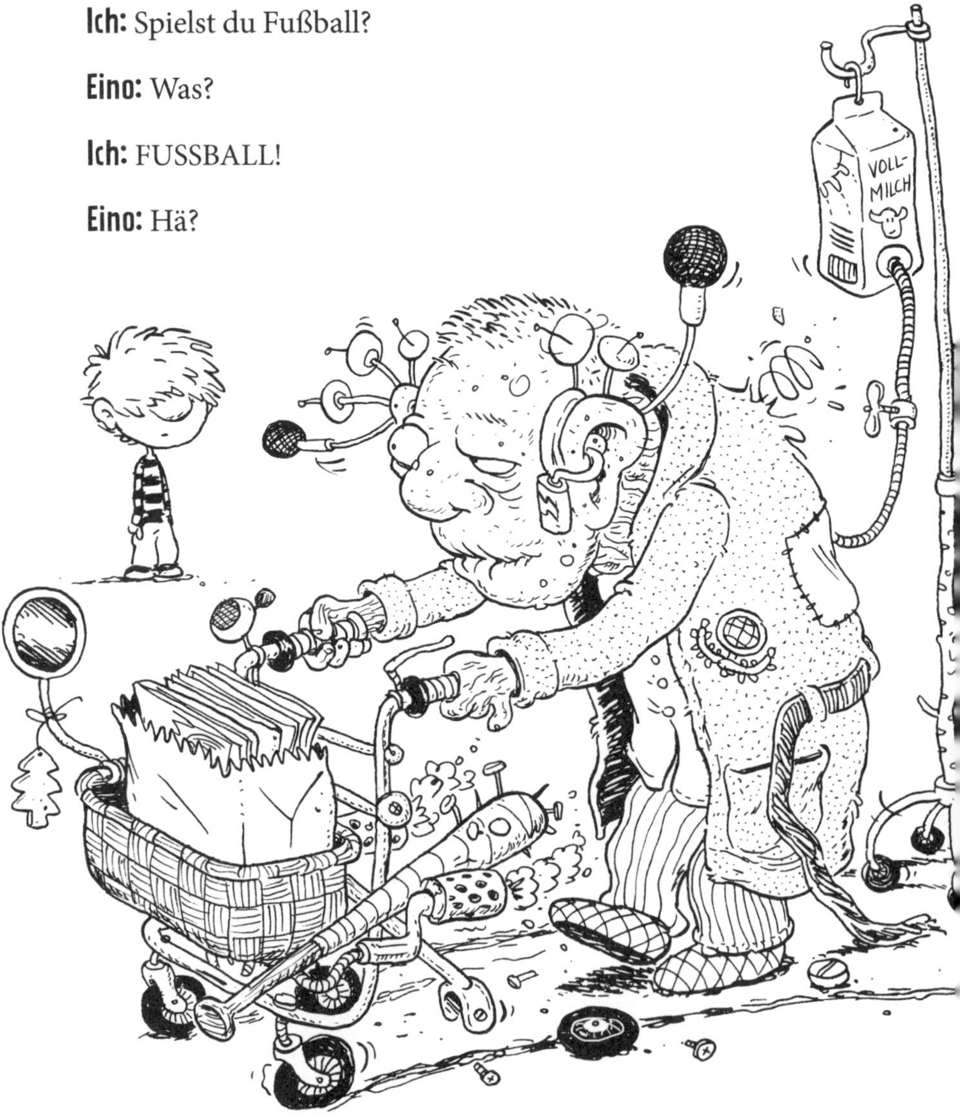

Ich: Ich such noch Spieler für meine Fußballmannschaft!

Eino: Was?

Ich: FUSSBALLMANNSCHAFT!!!

Eino: Du musst nicht so schreien! Was denkst du denn, wo ich meine Anstecknadel herhabe? Weißt du, die bedeutet mir sehr viel.

Eino zeigte auf seine Brust, und da war wirklich eine glänzende Anstecknadel: ein goldener Ball mit grünen Zweigen drunter. Ich war mir nur nicht sicher, ob der Ball der Erdball, ein Basketball oder ein Fußball sein sollte. Aber ein Ball war es in jedem Fall.

23.

Ich: Darf Totti bei uns wohnen?

Mutter: Kommt nicht in Frage.

Ich: Aber der Tierarzt hat gesagt, dass er ein gutes Zuhause braucht.

Mutter: Dann soll er ihm eins suchen.

Ich: Aber Totti hat nur drei Beine.

Mutter: Dann bring ihn ins Tierheim!

Ich: Er braucht kein Heim. Er braucht ein richtiges Zuhause.

Mutter: Und hier ist trotzdem kein Platz für einen Hund.

24.

Totti hat mich angeschaut und mit dem Schwanz gewedelt.

Ich: Tut mir leid, meine Mutter hat's nicht erlaubt. Wir müssen dir ein anderes Zuhause suchen.

Ich gab Totti die Reste, die ich ihm vom Abendessen aufgehoben hatte. Das halbe Steak hat er mit gutem Appetit gegessen, aber das Kartoffelpüree wollte er nicht. Und ausgerechnet davon hatte ich eine ganze Hosentasche voll.

Danach haben wir noch ein bisschen Fußball gespielt. Ich bin mit dem Ball am Fuß auf Totti zugestürmt, und er sollte mich stoppen. Das hat er klasse hingekriegt.

Mir fiel ein, was der Tierarzt gesagt hatte: dass Totti ein Prachtkerl ist, weil er's auch mit nur drei Beinen schafft. Vielleicht war es mit meiner Fußballmannschaft ja so ähnlich: Wenn ich meine Wunschspieler nicht kriegte, musste ich es eben mit denen schaffen, die ich hatte.

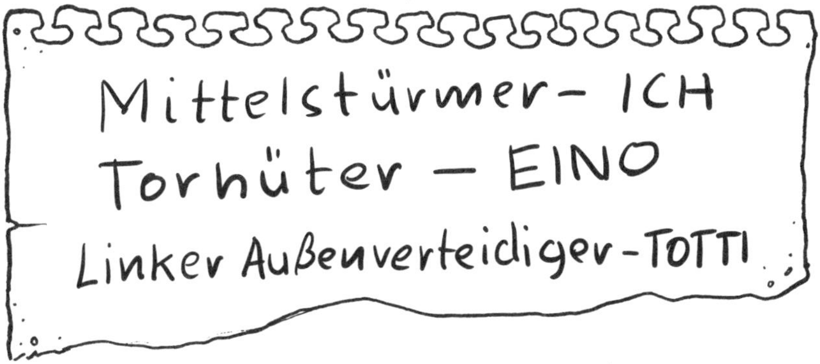

25.

Mein Vater wedelte mit einem Blatt Papier. Für einen Augenblick hatte ich schon die Hoffnung, dass doch noch einer meiner Wunschspieler geantwortet hatte, aber so war es leider nicht.

Vater: PWE – was soll das sein?

Ich: Meine Fußballmannschaft.

Vater: Und das hier ist eine Rechnung. Du hast deine Mannschaft für das Ballzauberer-Turnier angemeldet, und jetzt ist das Startgeld fällig.

Ich: Kannst *du* es nicht für mich bezahlen?

Vater: Nein, das kann ich nicht. Ich hab mein letztes Geld für die Handyrechnung und den Arzt ausgegeben. – Warum um Himmels willen meldest du eine eigene Mannschaft zum Turnier an, wenn du schon in einer tollen Mannschaft spielst?

Ich: Weil ich's eben wollte.

Vater: Dann willst du bestimmt auch die Rechnung bezahlen. Bitte sehr!

Mein Vater gab mir die Rechnung. Zweihundert Euro. Ich hab gleich mal nach meinen Ersparnissen geschaut.

In meinem Sparschwein waren *zwei* Euro.

26.

Ich war beim Training meiner alten Mannschaft, aber ich durfte nicht mitmachen, weil der Trainer nur mit der Turniermannschaft trainieren wollte. Ich musste mit Erkki auf der Ersatzbank sitzen. Erkki ist der schlechteste Spieler der ganzen Mannschaft. Er ist riesig groß und viel zu langsam. Außerdem hasst er Fußball und spielt nur, weil sein Vater es will.
Einmal ist uns der Ball vom Spielfeld vor die Füße gerollt, und der Trainer hat gerufen, dass wir ihn zurückkicken sollten. Erkki ist aufgestanden, hat den Ball düster angestarrt und ihn dann einfach in die Gegend gedonnert. Der Ball ist wie eine Kanonenkugel übers ganze Spielfeld und hoch oben über die Zuschauertribüne geflogen. Unten auf dem Spielfeld haben sie vor Wut getobt.

Ich: Sag mal, Erkki, willst du nicht in meiner Mannschaft mitspielen?

Erkki: Ich hasse Fußball. Ich will in überhaupt keiner Mannschaft mitspielen.

Ich: Spielst du vielleicht trotzdem mit? Messi und Ronaldo kommen auch.

Erkki: Okay.

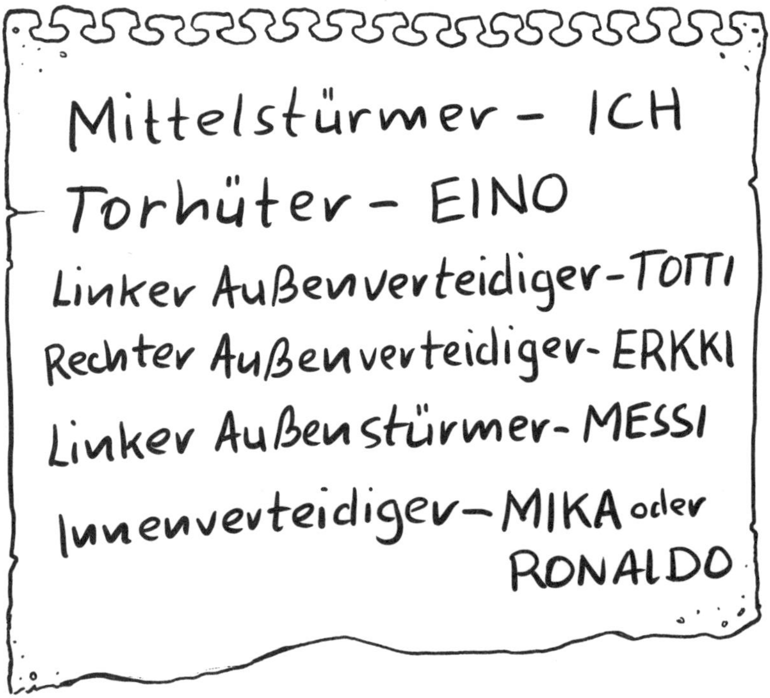

27.

Ich rechnete immer noch fest damit, dass sich meine Wunschspieler irgendwann meldeten und ich mit meiner Wunderelf auflaufen konnte. Trotzdem wollte ich vorsichtshalber noch ein paar andere Spieler anwerben. Ich hab Poster gemalt und sie in der ganzen Stadt aufgehängt.

28.

Abends konnte ich kaum einschlafen. Mir gingen einfach zu viele Dinge durch den Kopf.

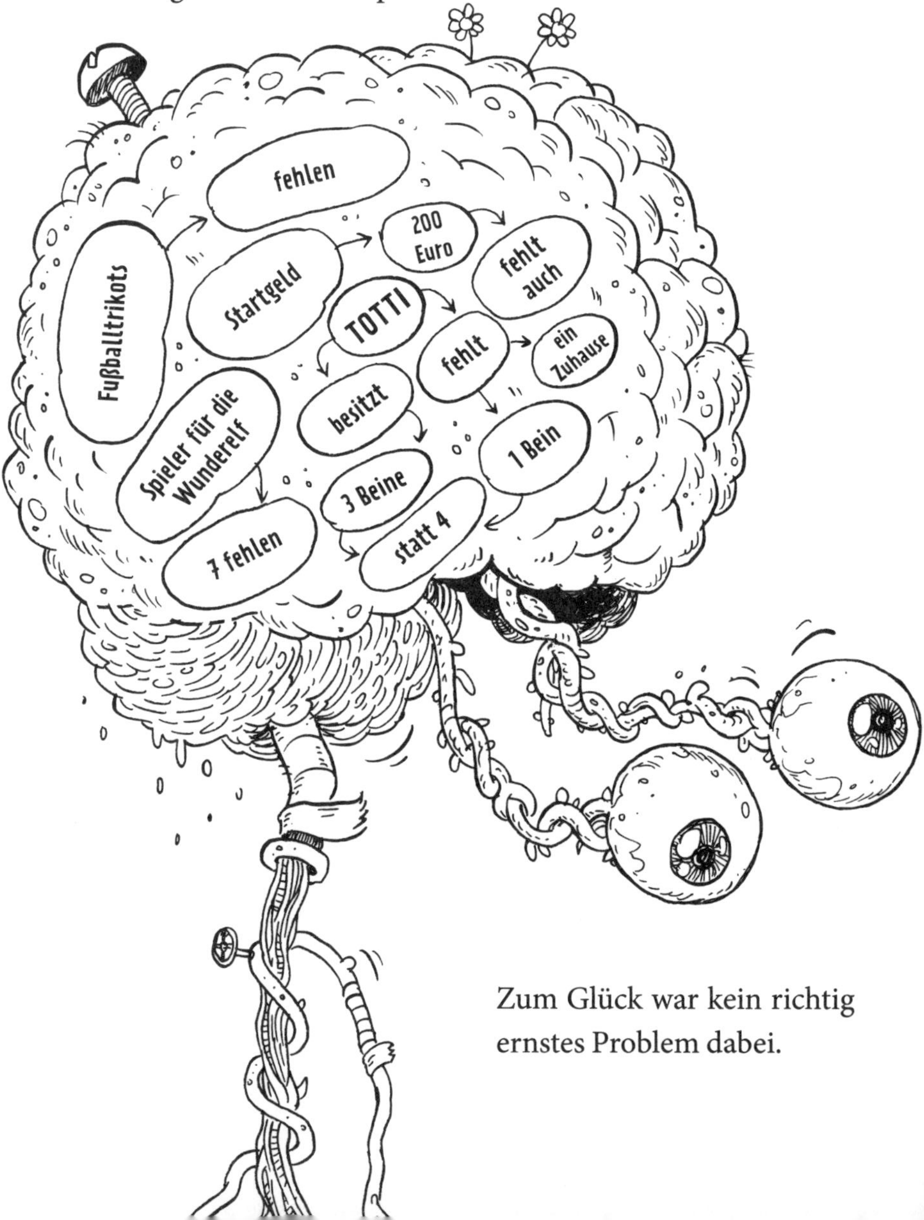

Zum Glück war kein richtig ernstes Problem dabei.

29.

Riku und Raku hatten offensichtlich eins von meinen Postern entdeckt.

30.

Es kamen ziemlich viele Leute zum Probetraining, aber hauptsächlich, um zuzuschauen. Auch Riku und Raku waren da. Natürlich in ihren neuen roten Trikots. Es gab nur drei richtige Kandidaten für meine Mannschaft.

Der erste war ein großes, Kaugummi kauendes Mädchen mit Sommersprossen im Gesicht.

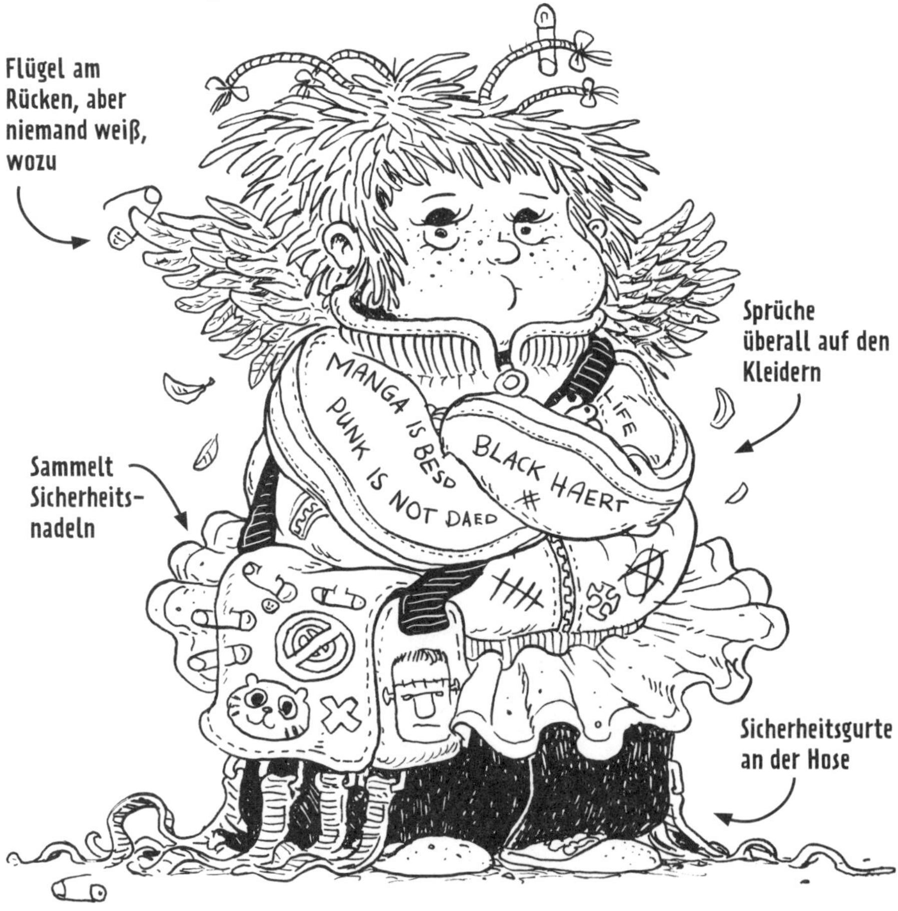

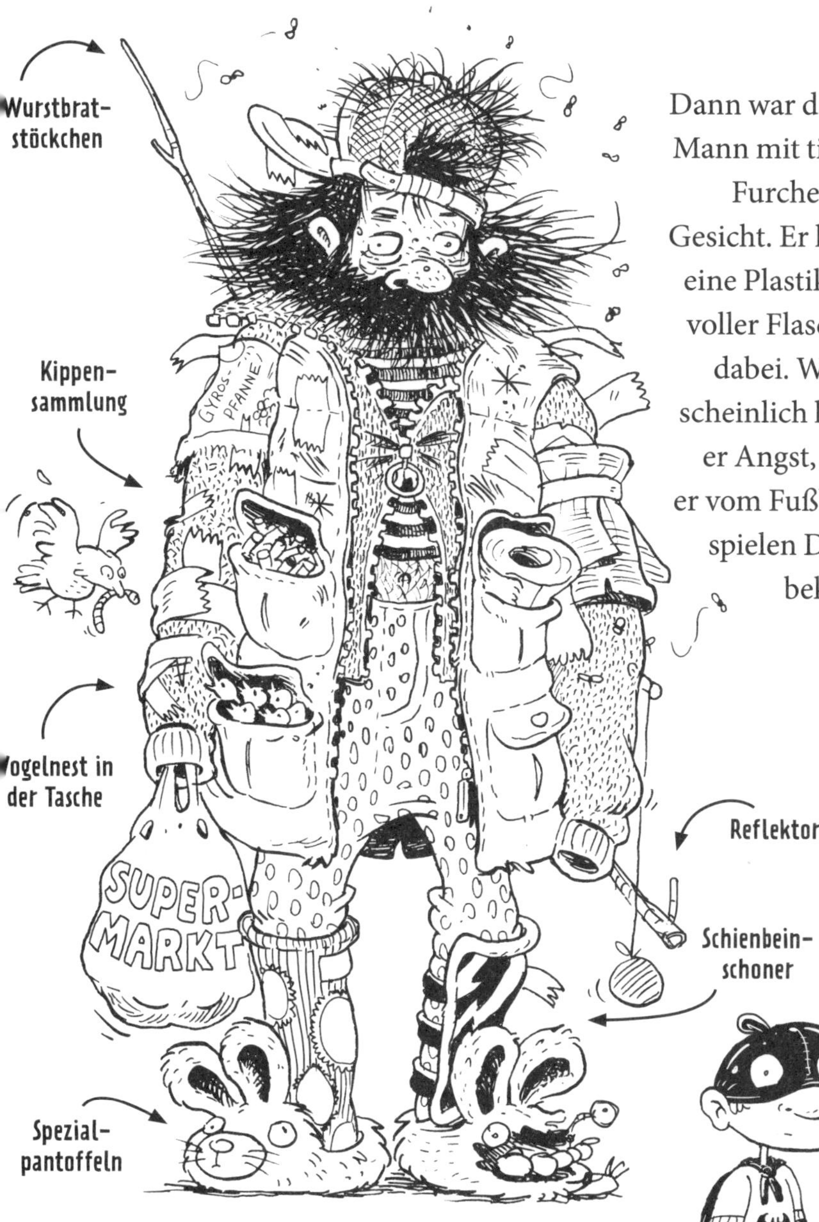

Dann war da ein Mann mit tiefen Furchen im Gesicht. Er hatte eine Plastiktüte voller Flaschen dabei. Wahrscheinlich hatte er Angst, dass er vom Fußballspielen Durst bekam.

Der dritte Kandidat war Mika aus meiner Klasse. Mika hatte den Batman-Anzug an, den er fast immer anhat.

Raku: Spitze, Pekka! Tolle Mannschaft!

Riku: Ganz klar die beste der Welt!

Raku: Wir zittern schon …

Riku: … vor den Wahnsinnstypen!

Auf einmal hatte ich eine Idee.

Ich: Wie wär's mit einem Trainingsspiel?

Raku: Was?

Riku: Wann?

Ich: Jetzt.

Die Zwillinge sahen einander an. Unter denen, die gekommen waren, waren viele ihrer Freunde. Und alle warteten auf eine Antwort. Da *konnten* sie gar nicht Nein sagen.

31.

Wir wollten fünf gegen fünf spielen, also haben Riku und Raku aus ihren Freunden noch drei weitere Spieler ausgewählt. Ich hatte Totti, das große Mädchen, den Mann mit der Flaschentüte und Mika. Vor dem Spiel wühlte der Mann ein Paar Uraltfußballschuhe aus der Tüte mit den Flaschen. Er pustete den Staub von den Schuhen und zog sie an. Wahrscheinlich stammten sie von der Müllkippe. Wenigstens sahen sie so aus.

Ich: Wer das erste Tor schießt, hat gewonnen!

Die Mannschaft der Zwillinge hatte Anstoß. Sie spielten schnelle, kurze Pässe, und als sie auf Mika zustürmten, rannte er mit flatterndem Umhang davon.

Mika: Das rote Telefon klingelt! Batman muss nach Gotham City!

Ich versuchte, den Gegner zu stören, aber die Jungs passten unglaublich schnell und genau. Kurz vorm Strafraum zog Riku dann ab, aber Totti schaffte es im letzten Moment, sich in den Schuss zu werfen.

Von Tottis Körper rollte der Ball dem großen Mädchen vor die Füße. Es blieb mit vor der Brust verschränkten Armen stehen und bewegte sich nicht. Aber es guckte so böse, dass sich niemand traute, es anzugreifen.

Ich: Spiel ab!

Als das Mädchen doch noch gegen den Ball trat, rollte er direkt zu dem Flaschentütenmann. Der schwankte ein bisschen und sah aus, als hätte er den Ball überhaupt nicht gesehen. Da stürzten sich die gegnerischen Spieler alle zusammen auf ihn und dachten wohl, sie hätten leichtes Spiel. Noch ein Schritt, dann wäre Riku am Ball gewesen. Und der Mann mit der Tüte sah aus, als fiele er gleich um. Aber plötzlich machte er ein paar wackelige Schritte, und das Komische war: Er machte sie mit dem Ball am Fuß! Riku blieb verdattert stehen. Und da: Jetzt stürmte der Mann los! Immer noch mit dem Ball am Fuß! Der Flaschentütenmann dribbelte leichtfüßig durch die gegnerischen Reihen! Und dann: Tooor! Der Flaschentütenmann schoss ein Tor!

Aus! Das Spiel war aus! Das Publikum tobte, und Riku und Raku sprangen übers Spielfeld und wedelten mit den Armen.

Riku und Raku: Wir haben gewonnen!

Das stimmte leider. Der Mann hatte den Ball in *unser* Tor geschossen.

Flaschentütenmann: Hab ich ihn reingemacht?

Ich: Ja. Klasse.

Mädchen mit Sommersprossen: Es war nur leider ein Eigentor.

Ich: Aber das macht nichts. Ihr dürft trotzdem alle in meiner Mannschaft mitspielen.

Das Mädchen hieß Kerttu. Der Mann sagte, er sei Kauko, und Mika war immer noch Batman, logisch.
Super! Ich hatte schon fast eine ganze Mannschaft zusammen.

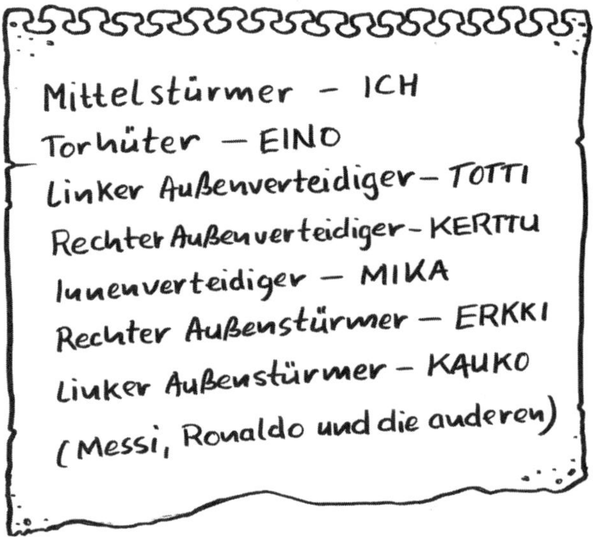

Wenn jetzt noch ein paar von den anderen Zauberfüßen kamen, waren wir praktisch unschlagbar.

32.

Nach dem Spiel stand plötzlich Minni vor mir. Sie sah fröhlicher aus, als ich sie in Erinnerung hatte. Sie runzelte überhaupt nicht die Stirn.

Minni: Ich hab das Poster mit dem Namen deiner Mannschaft gesehen, da dachte ich, ich schau mal vorbei. Die Brieftasche hab ich Wertti schon gebracht.

Ich: Und hat er sich gefreut?

Minni: Ja, sehr. Er sagt, er hätte sich schon lange bei mir melden wollen, sich aber nicht getraut.

Ich: Versteht ihr euch jetzt wieder?

Minni: Es gibt noch viel zu bereden, aber der Anfang ist gemacht. Dafür wollte ich mich bei dir bedanken.

Ich: Hab ich doch gern gemacht.

Minni: Auch Wertti bedankt sich bei dir. Von dem Geld in der Brieftasche wollte er das Geburtstagsgeschenk für seinen kleinen Sohn kaufen, und nur weil du so ehrlich warst, hat es der Junge auch bekommen. Viel Glück bei dem Turnier!

Ich: Willst du nicht auch in meiner Mannschaft mitspielen?

Minni schüttelte den Kopf und lächelte. Dann verwuschelte sie mir die Haare und ging. Komisch: Wenn die Erwachsenen nicht weiterwissen, verwuscheln sie einem die Haare.

33.

Ich: Ich möchte Geld leihen.

Banktante: Dann geh zu deinem Vater.

Ich: Der hat aber keins.

Banktante: Dann zu deiner Mutter.

Ich: Die gibt mir aber keins.

Banktante: Das tut mir leid.

Ich: Und ich muss doch das Startgeld fürs Turnier bezahlen.

Banktante: Tut mir leid. – Möchtest du vielleicht ein Sparschwein?

Ich: Tut mir auch leid, nein.

34.

Meine Mannschaft hatte ihr erstes richtiges Training, und es ist sehr gut gelaufen. Nur der Nachbar Eino ist nicht gekommen. Ich hab bei ihm geklingelt, aber er hat die Tür nicht aufgemacht. Vielleicht war die Batterie von seinem Hörgerät leer.

Aber Erkki und Kerttu sind gekommen. Sie sind ungefähr gleich groß. Oder eigentlich riesig. Und sie verschränken genau gleich die Arme vor der Brust, als wären sie beleidigt. Trainieren wollten sie auch alle beide nicht.

Mika ist in seinem Batman-Anzug herumgeflattert, und Kauko hat mit seiner Flaschentüte am Spielfeldrand gesessen. Er hat mit der Tüte geklimpert und uns angefeuert: »Auf geht's, Jungs und Mädels!«

Totti und ich haben Tricks probiert, und es war klasse. Ich hab ihm das Dribbeln beigebracht, und er hat's auf Anhieb gekonnt. Mit der Schnauze!

Nach dem Training hat Kerttu Erkki in die Seite geknufft.

Kerttu: Kaugummi?

Erkki: Nö.

Kerttu: Nimmst du trotzdem einen?

Erkki: Okay.

Ich fand es toll, dass wir schon so einen guten Teamgeist hatten. Ich beschloss, dass Erkki aus dem Sturm in die Abwehr wechseln sollte, weil ich Totti als Torhüter brauchte – wenigstens so lange, bis der Nachbar Eino wieder auftauchte und zur Mannschaft stieß.
Zum Schluss haben wir noch ein Mannschaftsfoto gemacht. Das heißt, *ich* hab's gemacht. Es war nur schade, dass ich es selbst nicht mehr drauf geschafft habe. Dabei bin ich gerannt!

Erkki: Und wann kommt jetzt Messi?

Kerttu: Und Ronaldo?

Mika: Und all die anderen?

Ich: Bald.

Ich hab den Mannschaftskameraden auch von dem Geld erzählt, das mir noch gefehlt hat, und alle haben was gespendet.

35.

Mutter: Hast du schon das von unserem Nachbarn Eino gehört?

Vater: Nein. Was ist denn mit ihm?

Mutter: Es heißt, er ist draußen hingefallen und hat sich am Fuß oder Bein verletzt. Jetzt liegt der arme Mann im Krankenhaus.

Vater: Wie traurig!

Das war es allerdings.

36.

Am nächsten Morgen hat Totti schon auf mich gewartet. Er hatte sich inzwischen angewöhnt, mich zur Schule zu begleiten. Diesmal ist er aber nicht gleich zu mir hergekommen. Er hat den Boden abgeschnüffelt und wie wild mit dem Schwanz gewedelt. Dann hat er mich angesehen.
Im Rasen hat was geglitzert. Ich hab's aufgehoben, und es war Einos Anstecknadel. Die mit dem Ball, die ihm so wichtig war. Er musste sie beim Hinfallen verloren haben.

37.

In der Schule hab ich die Anstecknadel dem Lehrer gezeigt.

Lehrer: Aha! Auf der Rückseite steht »Bergen 1946«.

Ich: Okay.

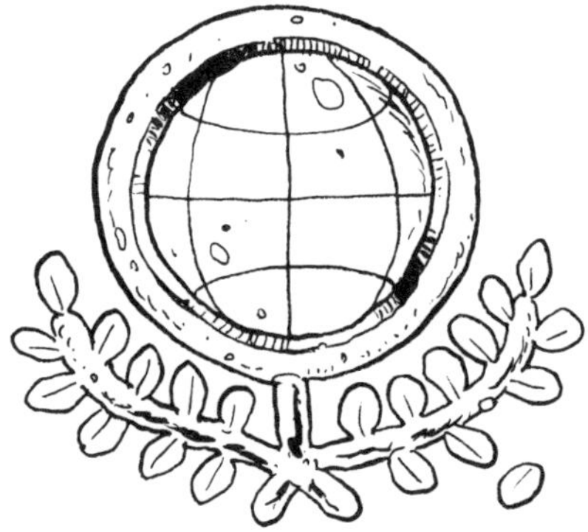

Lehrer: Bergen liegt in Norwegen.

Ich: Okay.

Lehrer: Das ist eine Küstenstadt, wunderschön.

Ich: Okay.

Lehrer: Woher hast du die?

Ich hab's ihm erzählt.

Lehrer: Dann solltest du sie ihrem Eigentümer zurückbringen.

Endlich sagte er was, womit man was anfangen konnte.

38.

Das Krankenhaus war riesig groß, und drinnen hat alles nur so geglänzt. Auf den Fußboden waren überall farbige Linien gemalt. Ich wusste nur nicht, welche davon zu Eino führen sollte.

Ich: Ich möchte zu Eino.

Krankenschwester: Und wie heißt Eino mit Nachnamen?

Ich: Weiß ich nicht.

Krankenschwester: Bist du mit ihm verwandt?

Ich hab überlegt. Wahrscheinlich war ich nicht mit ihm verwandt – aber dann durfte ich vielleicht nicht zu ihm.

Ich: Ja.

Krankenschwester: Und *wie* bist du mit ihm verwandt?

Die Krankenschwester guckte so streng, dass mir auf die Schnelle nichts Gescheites einfiel.

Ich: Ich bin … sein Onkel, und ich wollte ihm seine Anstecknadel bringen. Die ist für ihn sehr, sehr wichtig. Es ist … es ist ein Familienschatz, wissen Sie.

Es hat geklappt! Die Achseln der Krankenschwester zuckten erst, als müsste sie gleich niesen, aber dann ging sie an den Computer.

Krankenschwester: Komm mit!

39.

Erst dachte ich ja, die Krankenschwester hätte mich ins falsche Zimmer gebracht. Dort gab es zwar drei Betten, aber in keinem lag jemand, der wie unser Nachbar Eino aussah. Dann zeigte die Krankenschwester auf eins davon, und darin lag er doch. Unser Nachbar Eino. Mit dem halben Bein in Gips.

Krankenschwester: Na, wie geht's uns heute?

Eino: Ich weiß nicht, wie es *Ihnen* geht, aber *mir* geht's gar nicht gut. Und meinem Fuß auch nicht.

Einos Hörgerät schien wieder in Ordnung zu sein, aber *er* war es eindeutig nicht.

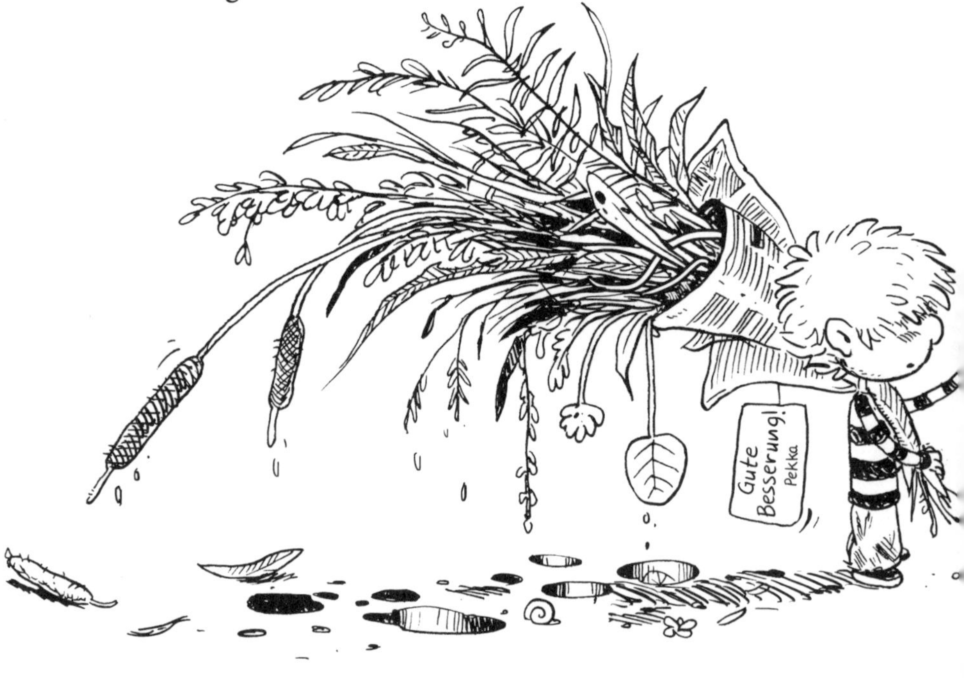

Krankenschwester: Sie haben Besuch. Ihr Onkel.

Die Krankenschwester kicherte, und Eino schaute mich ziemlich verdattert an. Ich hatte schon Angst, dass er der Krankenschwester erzählte, dass ich gar nicht sein Onkel war. Aber ich hatte mir unnötig Sorgen gemacht. Einos Fuß hatte was abgekriegt, aber sein Kopf war noch komplett in Ordnung.

Eino: Na, so was! Onkel Pekka!

Die Krankenschwester nickte lächelnd und ließ uns allein.

Ich: Ich hab die Anstecknadel gefunden. Oder eigentlich war's Totti.

Eino hat die Anstecknadel gleich wiedererkannt. Er hat gelächelt, und ich hab sie ihm auf die Brust gelegt.

Eino: Danke. Sie bedeutet mir *wirklich* viel. Weißt du, die hab ich schon sehr lange.

Ich: Bergen 1946. – Was soll das eigentlich bedeuten?

Eino schaute mich an.

Eino: Das bedeutet, dass man niemals aufgeben soll.

Ich hätte gern mehr gehört, aber Eino redete nicht weiter. Er sah aus, als wäre er sehr müde. Da hab ich ihm von dem Turnier erzählt und unserer vorläufigen Mannschaftsaufstellung. Und von dem Geld, das ich noch brauchte.

Ich: Meinst du, bis zum Turnier bist du wieder fit? Es ist erst in drei Tagen.

Eino hat müde die Hand gehoben, und ich hab sie genommen. Sein Händedruck war trotz allem ganz schön fest.

40.

Ich: Aber warum denn nicht?

Mutter: Weil das nicht so einfach geht.

Ich: Aber ich würde mich doch ganz allein um ihn kümmern.

Mutter: Das sagt sich so leicht. Hunde brauchen viel Aufmerksamkeit.

Ich: Aber so kümmert sich gar niemand um ihn. Ist nicht ein bisschen Aufmerksamkeit besser als gar keine?

Vater: Da sagt Pekka was Richtiges.

Mutter: Und *du* solltest dich lieber an unsere Absprache halten! Ich kann hier nicht noch einen Dritten gebrauchen, den ich bemuttern muss. Zwei Kinder im Haus sind genug!

Ich war ehrlich überrascht, dass meine Mutter so schlecht rechnen konnte, obwohl sie von Beruf Schuldirektorin ist. Außer mir hat sie nämlich gar keine Kinder.

Vater: Darf ich jetzt wieder in mein Zimmer? Ich wollte noch ein bisschen Autorallye spielen.

41.

Riku und Raku kamen in der Pause zu mir.

Raku: Beim Turnier spielen wir in derselben Gruppe. Euch hauen wir 13:0 weg!

Riku: Mindestens!

Genau da kam Mika in seinem Batman-Anzug.

Mika: Batman lacht immer zuletzt, merkt euch das! Wartet nur, wenn Messi und Ronaldo bei uns mitspielen!

Raku: Was?

Riku: Hä?

Mika: Seht ihr, da vergeht euch das Lachen!

Aber Mika hatte sich leider verschätzt. Die Zwillinge lachten sich schlapp, und der ganze Schulhof lachte mit.

Raku: Ihr Knalltüten, die spielen doch Champions League! Glaubt ihr, die besten Fußballer der Welt setzen dort aus, nur um bei eurer Gurkentruppe mitzumachen? Wie doof kann man eigentlich sein?

42.

Wie doof man eigentlich sein kann, würde mich auch mal interessieren, aber so was wissen wohl nur sehr gescheite Leute. Trotzdem hatte Raku leider recht. So stand es nämlich auch in der Zeitung. Während bei uns das Turnier stattfand, wurde auch in der Champions League gespielt. Und alle Spieler, die ich eingeladen hatte, waren natürlich dabei. *Keiner* würde kommen, so sah's aus.

43. Am nächsten Morgen: kein Totti, der auf mich wartet.

44. Auch nach der Schule nicht.

45.

Nachmittags hatten wir wieder Training, aber Totti war auch nicht im Park. Dabei ist er dort IMMER.
Das Training lief dann auch nicht besonders.

Erkki: Du hast versprochen, dass Messi und Ronaldo bei uns mitspielen.

Pekka: Weil ich dachte, sie könnten kommen.

Erkki: Ohne sie haben wir keine Chance.

Pekka: Es gibt auch noch andere Spieler.

Erkki: Wen denn zum Beispiel?

Pekka: Eino. Er hat sogar eine goldene Anstecknadel bekommen. In Bergen, und das ist richtig weit weg.

Erkki: Noch nie gehört.

Kerttu: Kaugummi?

Erkki: Nö.

Kerttu: Nimmst du trotzdem einen?

Erkki: Okay.

Dann gingen Kerttu und Erkki Kaugummi kauen. Mika konnte diesmal gar nicht erst zum Training kommen. Außerdem sollte ich ihm die gespendete alte Batman-Maske zurückgeben. Kauko saß am Spielfeldrand und redete vor sich hin.
Ich selbst machte mir solche Sorgen wegen Totti, dass mich das alles überhaupt nicht kratzte.

46.

Zu Hause warteten meine Mutter und mein Vater auf mich. Sie schienen sich auch Sorgen zu machen.

Ich: Was ist? Ist Totti was passiert?

Vater: Totti? Dem italienischen Fußballer?

Ich: Nein, dem Hund. Er ist verschwunden.

Mutter: Nein, es geht um was anderes. Unser Nachbar Eino hat dir einen Brief aus dem Krankenhaus geschickt.

Vater: Mach ihn gleich auf! Wir möchten gern wissen, was drinsteht!

47.

Ich hab den Brief *nicht* aufgemacht. Ich hab ihn nur auf meinen Nachttisch gelegt. Ich hatte Angst, ihn aufzumachen, weil ich keine schlechten Nachrichten lesen wollte. Ich hatte das komische Gefühl, in dem Brief könnten welche drinstehen.

48.

SCHLECHTE NACHRICHTEN SIND ZUM BEISPIEL:

* Alte Nachbarn fallen hin
* Die Champions League spielt zur falschen Zeit
* Hunde verschwinden spurlos
* Mütter wollen keine Hunde
* Zwillinge nerven
* Nachrichten per Flaschenpost kommen nicht an

49.

Irgendwann hab ich den Briefumschlag doch aufgemacht. Und das war drin:

50.

Totti hat am Morgen wieder nicht auf mich gewartet. Er hat auch nach der Schule nicht auf mich gewartet. Er war auch nicht im Park. Er war spurlos verschwunden.

51.

In der Tierarztpraxis roch es komisch nach Tieren und Medikamenten.

Sprechstundenhilfe: Vielleicht hast du dich in der Adresse geirrt?

Ich: Bestimmt nicht.

Sprechstundenhilfe: Aber du hast gar kein Tier dabei.

Ich: Darum geht's ja.

Sprechstundenhilfe: Das versteh ich nicht.

Zum Glück hat es der Tierarzt verstanden. Er hat sich sogar an mich erinnert und mir zugehört.

Tierarzt: Alles klar. Warte hier! Ich hab noch ein paar Patienten, aber gleich danach gehen wir zusammen zum Tierheim und schauen, ob jemand Totti dort abgegeben hat.

52.

Die Autofahrt hat sich ganz schön lang angefühlt.

Tierarzt: Du scheinst den Hund sehr lieb zu haben?

Ich: Ja. Und er mich auch, glaub ich.

Tierarzt: Aber deine Eltern wollen ihn nicht aufnehmen, stimmt's?

Ich: Ja. Könnten *Sie* ihn nicht zu sich nehmen? Totti ist echt ein Spitzenhund. Er hat schon eine Brieftasche und eine Anstecknadel gefunden! Er ist ein Schatzfindehund, und vielleicht macht er Sie noch reich.

Tierarzt: Das wäre schön. Aber wir haben leider schon so viele Tiere und wirklich gar keinen Platz mehr. Tut mir leid.

Ich: Und was soll dann aus ihm werden?

Auf einmal hat der Tierarzt nur noch an seinem Autoradio herumgefummelt.

53.

Totti war tatsächlich im Tierheim. Er war im allerhintersten Käfig und hat sich wahnsinnig gefreut, als er mich gesehen hat. Er ist wie wild gegen die Käfigtür gesprungen und wollte mich durch die Gitterstäbe ablecken.

Tierheimonkel: Dann hat er also ein Zuhause?

Ich: Sein Zuhause ist der Park.

Tierheimonkel: Ein Park ist kein Zuhause. Demnach ist er obdachlos. Und außerdem dreibeinig.

Tierarzt: Wir werden ihm ein Zuhause besorgen.

Tierheimonkel: Schön. Aber beeilt euch! Wir können ihn nicht lange hierbehalten. Ihr seht ja, wie voll es bei uns ist.

Ich: Was passiert denn mit ihm, wenn er nicht länger hierbleiben kann?

Der Tierheimonkel und der Tierarzt sahen einander an, aber sie sagten nichts. Auf manche Fragen antworten Erwachsene einfach nicht.

Totti musste erst mal in seinem Käfig bleiben. Er hat die Ohren angelegt und mir nachgeschaut, als könnte er nicht glauben, dass ich ihn zurückließ.

Ich: Wer hat ihn eigentlich hierhergebracht?

Tierheimonkel: Zwei Jungs. So wie sie ausgesehen haben, müssen es Zwillinge gewesen sein.

In meinem Kopf brodelte, kochte und zischte es – alles auf einmal.

Tierheimonkel: Was ich noch sagen wollte: Falls ihr ihn wirklich abholt, kostet es hundert Euro – und ihr habt noch Zeit bis morgen.

54.

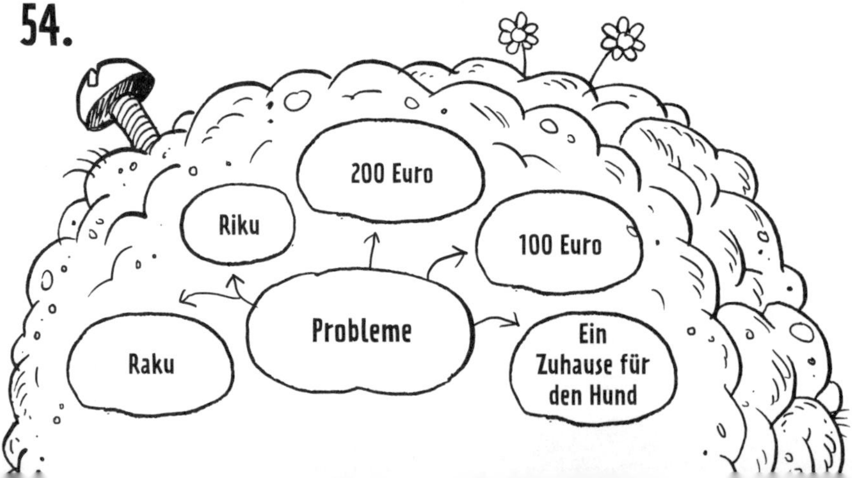

55.

Zum Training später am Tag kam gar niemand mehr. Meine Mannschaft hatte sich in Luft aufgelöst: Kerttu und Erkki wollten nicht mehr mitspielen, weil Ronaldo und Messi auch nicht mitspielten. Mikas Mutter hatte beschlossen, dass Fußball für ihn viel zu gefährlich war. Eino war im Krankenhaus. Totti war eingesperrt. Und Kauko – keine Ahnung.
Aber ganz ehrlich: Wirklich wichtig war mir sowieso bloß Totti.

56.

Morgens hat Kauko dann auf einer Bank im Park gesessen. Ich war auf dem Weg zur Schule, bin aber trotzdem kurz stehen geblieben. Er war irgendwie anders als sonst, vielleicht weil es noch so früh war. Er hatte die uralten Fußballschuhe auf dem Schoß. Mich hat er erst gar nicht bemerkt.

Ich: Hallo!

Kauko: Oh, hallo!

Ich: Du warst gestern nicht beim Training.

Kauko: Ich glaube, meine Zeit als Fußballer ist vorbei.

Ich: Warst du denn mal einer?

Kauko hat die Fußballschuhe gestreichelt und genickt.

Kauko: Ist lange her. Ich hab in der Nationalmannschaft gespielt. Die Schuhe hier waren meine Glücksbringer. Dachte ich jedenfalls immer …

Ich: Magst du's nicht trotzdem noch mal mit dem Fußballspielen versuchen?

Kauko: Ich glaube nicht, dass ich deiner Mannschaft noch viel helfen könnte.

Kauko sah mich an. Seine Augen waren blass und wässrig. Er schüttelte den Kopf und steckte die Schuhe wieder in seine Flaschentüte. Dann stand er auf und ging davon. Er schwankte, dass die Flaschen in der Tüte klimperten. Und auf einmal hatte ich eine Idee.

Ich: Warte! Aber klar kannst du uns helfen!

57.

Bei uns war niemand zu Hause. Meine Mutter und mein Vater waren in der Arbeit. Kauko zog im Flur die Schuhe aus. Seine Socken waren so voller Löcher und so schmutzig, dass es fast besser gewesen wäre, wenn er die Schuhe angelassen hätte. Aber am schlimmsten war der Geruch. Draußen merkte man ihn nicht so, aber drinnen schon. Er war so stark, dass mir die Augen brannten.
Kauko stellte vorsichtig die Flaschentüte ab, dann kam er hinter mir her. Er ging wie auf Zehenspitzen und fuhr sich mit den Fingern durch die grauen Strubbelhaare. Es war, als wäre er schon lange nicht mehr in einer richtigen Wohnung gewesen. Als hätte er vergessen, wie man sich dort bewegt.
Ich führte ihn ins Badezimmer und zeigte ihm die Duschgels und Haarshampoos und Vaters Rasiersachen. Er nickte.

Kauko: Bist du sicher, dass wir das so machen sollen?

Ich: Ja.

Während Kauko unter der Dusche war, hab ich in Vaters Kleiderschrank gewühlt. Ich brauchte Unterwäsche, ein Hemd, einen Anzug, heile Socken und frisch geputzte Schuhe. Zum Glück sind mein Vater und Kauko ungefähr gleich groß. Ich hab alles durch die Badezimmertür geschoben und draußen gewartet.

58.

Es hat lange gedauert, bis die Tür aufging.

Dann traute ich meinen Augen nicht: Kauko sah wahnsinnig ordentlich aus. Ganz anders als das Badezimmer. Das sah aus, als wäre ein Komposthaufen darin explodiert. Die Explosion, wenn meine Mutter das Badezimmer sah, wollte ich mir lieber nicht vorstellen. Ich hatte auch gar keine Zeit dazu.

59.

Draußen gab ich Kauko das Geld, das ich von Eino bekommen hatte. Die zweihundert Euro.

Ich: Das reicht, um Totti aus dem Tierheim zu holen.

Kauko: Sicher.

Ich: Und du schaffst das?

Kauko: Sicher.

Ich: Ich muss nämlich in die Schule. Ich bin sowieso schon viel zu spät dran.

Dann wollte ich los.

Kauko: Pekka …

Jetzt fiel mir erst auf, dass Kauko wieder seine Flaschentüte genommen hatte. Ehrlich gesagt, passte sie nicht so richtig zu dem piekfeinen Anzug. Er starrte auf den zerknitterten Geldschein in seiner Hand, als hätte er ihn gerade erst bemerkt. Er schaute mich an und sah aus, als wüsste er nicht, was er machen sollte.

Kauko: Schon gut.

Er stopfte den Schein in die Hosentasche und ging davon. Ich rannte zur Schule.

60.

Der Schultag zog sich ewig hin. Ich musste die ganze Zeit an Totti denken. Und an Kauko. Totti fehlte ein Fuß, und Kauko fehlte irgendwas anderes. Irgendwie passten die beiden gut zusammen.

61.

Nach der Schule rannte ich in den Park. Ich sah schon vor mir, wie Totti und Kauko auf mich warteten. Totti würde auf seinen drei Beinen über die Wiese flitzen und mir das Gesicht ablecken.

Aber der Park war leer. Kein Kauko. Und auch kein Totti. Ich setzte mich auf eine Bank und wartete. Das Tierheim war weit weg. Vielleicht waren sie ja noch unterwegs.

Später Nachmittag – niemand.
Es fing an zu regnen – niemand.
Es wurde schon dunkel – niemand.
Bestimmt kamen sie genau dann, wenn ich aufstand, um nach Hause zu gehen. Ich stand ein paarmal auf und setzte mich wieder hin.
Niemand.

62.

Meine Mutter stand im Flur und stemmte die Hände in die Hüften. Mein Vater hatte die Arme vor der Brust verschränkt.

Mutter: Dafür hätte ich gern eine gute … nein, eine *richtig* gute Erklärung!

Vater: Genau.

Mutter: Ich putze, seit ich zu Hause bin.

Vater: Genau.

Mutter: Das Badezimmer musste ich *desinfizieren*.

Vater: Genau.

Mutter: Und die Stinkeklamotten hab ich verbrannt.

Vater: Genau.

Mutter: Vaters Rasierapparat war voller Haare.

Vater: Genau.

Mutter: Und sein bester Anzug ist verschwunden.

Vater: Wirklich?

Da hab ich ihnen alles erklärt. Und sie haben mir ausnahmsweise zugehört. Sie haben ganz still dagesessen und sich immer nur Blicke zugeworfen. Und ich hab ihnen von meinem Plan erzählt, nämlich dass Kauko als Tottis Besitzer auftreten und ihn mit dem Geld von Eino vom Tierheim abholen sollte.
Meine Mutter streichelte mir über die Haare, und mein Vater legte mir die Hand auf die Schulter.

Vater: Das heißt, du hast es nur gut gemeint, mein Junge.

Mutter: Bestimmt hat er das – aber das Geld sieht er trotzdem nicht wieder.

Vater: Genauso wenig wie ich meinen Anzug.

Ich: Und wieso nicht?

Mutter: Weil man solchen Leuten nicht trauen kann.

Vater: Das Geld hat der längst für was anderes ausgegeben.

Mutter: Sowieso hättest du uns das alles schon viel früher erzählen sollen.

Ich: Hättet *ihr* dann Totti aus dem Tierheim geholt?

Mutter: Nein, aber wir hätten dich daran gehindert, Dummheiten zu machen.

Vater: Und du hättest noch das Geld, das Eino dir gegeben hat.

Ich: Und was hätte ich mit dem Geld machen sollen, wenn ich nicht mal mehr eine Mannschaft habe?

Darauf wussten meine Mutter und mein Vater keine Antwort.

Vater: Wieso hast du keine Mannschaft mehr?

Da erzählte ich es ihnen.

63.

Meine Eltern waren ein bisschen traurig, als sie hörten, wie es um meine Mannschaft stand. Da kamen unsere Verwandten extra aus Australien, um mich spielen zu sehen, und dann so was! Und trotzdem war das alles nicht wichtig, wenn Totti noch im Tierheim war und mit ihm das passierte, was der Onkel dort … Ich lag schon im Bett, als es an der Haustür klingelte.

64.

Ich hörte jemanden reden. Einen Mann. Aber es war nicht Kauko. Ich schlich mich in den Flur und sah meine Mutter und meinen Vater im Schlafanzug an der offenen Haustür stehen. Draußen im Regen stand ein Polizist.

Polizist: Kennen Sie diesen Mann?

Hinter dem Polizisten stand Kauko. Er war so pudelnass, dass Vaters Anzug tropfte, und hatte eine altmodische Aktentasche in der Hand. Seine Flaschentüte war nirgends zu sehen. Vielleicht war sie in der Aktentasche.

Vater: Den Mann kenne ich nicht, aber den Anzug. Er gehört mir.

Polizist: Das hab ich mir schon gedacht. Und was ist mit dem Geld hier?

Ich konnte nicht sehen, was der Polizist meinem Vater zeigte, aber das konnten nur meine zweihundert Euro sein. Das bedeutete, Kauko hatte Totti nicht abgeholt! Und jetzt war es dazu schon viel zu spät.

Ich: Das ist *mein* Geld!

Ich rannte in mein Zimmer und knallte die Tür zu.

65.

Ich kroch in mein Bett, aber dann hörte ich auf einmal komische Geräusche.

Meine Mutter kratzt nicht an Türen.
Sie wäre ins Zimmer gestürmt.

Polizisten winseln nicht.
Sie geben Befehle.

Mein Vater schnuppert nicht.
Er räuspert sich höchstens.

Kauko bellt nicht.
Er gähnt oder redet vor sich hin.

Ich sauste zur Tür, und als ich aufmachte, sprang mir ein kratzender, winselnder, schnuppernder, bellender Hund in die Arme. Totti!

66.

Hinterher saßen wir alle zusammen im Wohnzimmer und erzählten einer nach dem andern.
Kauko erzählte, dass er Totti, genau wie abgemacht, aus dem Tierheim geholt habe. Danach habe er einen Abstecher in den Trödelladen gemacht, und auf einmal sei die Polizei gekommen und habe ihn und Totti mitgenommen.
Der Polizist erzählte, Kauko habe mit dem feinen Anzug, dem dreibeinigen Hund, der Flaschentüte und dem vielen Geld in der Tasche so verdächtig gewirkt, dass der Besitzer des Trödelladens die Polizei gerufen habe. Sie hätten Kauko und den Hund erst zur Wache mitgenommen, aber Kauko habe darauf bestanden, dass man ihn hierherbringt.
Ich hab dann alles über Totti, die Zwillinge, Eino und Kauko erzählt und erklärt, wie alles miteinander zusammenhing.
Danach hat meine Mutter dem Polizisten erklärt, dass ich bestimmt alles nur gut gemeint hätte und im Badezimmer sowieso ein Großputz fällig gewesen sei.
Mein Vater musste sich erst räuspern, aber dann hat er gesagt, dass Kauko den Anzug behalten könne, weil seine eigenen Klamotten leider verloren gegangen seien.
Der Polizist sagte noch, für ihn sei die Sache damit erledigt, dann stand er auf und ging.

67.

Meine Eltern haben mich echt überrascht. Sie sagten nämlich, dass Kauko und Totti über Nacht bleiben dürften. Weil es draußen regnete und überhaupt nach dem schlimmen Tag. Meine Mutter legte den beiden eine Matratze neben mein Bett.

Ich: Eins wundert mich aber doch noch.

Kauko: Was denn?

Ich: Das Geld, das dir der Polizist abgenommen hat. Es waren immer noch zweihundert Euro, nur nicht mehr in einem Schein. Wieso hast du noch so viel Geld gehabt, wenn sie im Tierheim hundert Euro für Totti haben wollten?

Kauko: Du brauchst ja zweihundert Euro für das Turnier. Also hab ich hinterher meine alten Fußballschuhe im Trödelladen verkauft.

Ich: Für hundert Euro? Wer zahlt denn so viel Geld für irgendwelche alten Fußballschuhe?

Kauko: Es waren ja nicht *irgendwelche* alten Fußballschuhe. Mit denen hab ich 1978 das Tor geschossen, das die finnische Meisterschaft entschieden hat. Ich hab zu den hundert Euro sogar noch die alte Aktentasche dazubekommen.

Ich: Und trotzdem haben sie im Trödelladen die Polizei geholt?

Kauko: Vielleicht dachten sie, dass mir die Schuhe gar nicht gehören. Dass einer, der aussieht wie ich, kein großer Fußballer gewesen sein kann.

Ich: Und wie willst du jetzt spielen, ohne Schuhe?

Kauko: Ich hab's dir doch gesagt: Ich taug nicht mehr zum Fußballspielen, ehrlich nicht. Aber ich komm euch anfeuern, versprochen.

Totti schnaufte und winselte leise im Schlaf. Es war alles so schön, dass ich am liebsten gar nicht eingeschlafen wäre.

68.

Am Morgen hab ich das Geld noch vor der Schule ins Turnierbüro gebracht. Pekkas Wunderelf würde auflaufen. Es war ein tolles Gefühl, obwohl es mit meiner Mannschaft immer noch ein bisschen schwierig war. Oder eigentlich gab es sie gar nicht. Trotzdem war ich mir sicher, dass sich alles einrenken würde. Es war ja noch fast ein ganzer Tag Zeit.

69.

Nach der Schule hab ich dann die Zwillinge getroffen. Sie haben mich am Schulhoftor abgepasst. Einer von ihnen hatte ein Stück Schnur in der Hand, an dem Totti angebunden war. Totti hatte draußen auf mich gewartet.

Riku: Er ist ausgerissen.

Raku: Es ist unsere Pflicht, ihn ins Tierheim zurückzubringen.

Aber das machten sie dann doch nicht. Genau in dem Moment kamen nämlich Erkki und Kerttu auf den Schulhof. Sie hielten Händchen, und als sie uns sahen, wussten sie, was los war.

Erkki: Magst du einen von ihnen übernehmen?

Kerttu: Nö.

Erkki: Übernimmst du trotzdem einen?

Kerttu: Den hässlicheren.

Erkki: Es sind Zwillinge, die sind beide gleich hässlich.

Kerttu nahm dem verdutzten Raku die Schnur ab, an der sie Totti festgebunden hatten, und Erkki packte Riku und hob ihn hoch. Kerttu machte dasselbe mit Raku, und zusammen trugen sie die Zwillinge zu den Abfalltonnen. Erkki und Kerttu sind echt so stark, wie sie aussehen, und in einer Tonne waren schon

die Reste vom Eintopf aus der Schulkantine. Als die Zwillinge da mit drinsteckten, machten sie keinen Mucks.

Erkki: Meinst du wirklich, sie gehören auf den Kompost? Vielleicht hätten wir sie doch in die Restmülltonne stecken sollen?

Kerttu verschränkte die Arme vor der Burst, kaute ihren Kaugummi und funkelte die beiden böse an.

Kerttu: Wir spielen in Pekkas Mannschaft Verteidiger, und jetzt wisst ihr, was euch blüht, wenn ihr Pekka oder Totti noch mal blöd kommt! Nur warten wir dann, bis das Müllauto da ist, damit wir wissen, dass sie euch auch mitnehmen.

Erkki: Magst du wieder Händchen halten?

Kerttu: Nö.

Erkki: Machst du's trotzdem?

Kerttu: Okay.

Erkki: Magst du uns wieder mitspielen lassen?

Ich: Nö.

Erkki: Lässt du uns trotzdem mitspielen?

Ich: Okay. – Aber klar doch!

70.

Abends war dann das Abschlusstraining. Gekommen waren Totti, Kerttu, Erkki und ich. Für eine Fußballmannschaft waren das ganz schön wenig. Kauko saß zwar auf seinem Platz am Spielfeldrand, aber er würde ja nicht mitspielen. Dabei sah er gut aus in Vaters Anzug und mit der Aktentasche neben sich im Gras.
Ich spielte den Ball auf Totti, der kurz bellte und den Ball zu mir zurückspielte. Dann versuchte ich dasselbe noch mal, aber Totti ließ den Ball durchrutschen, und er landete genau vor Batmans Füßen. Es wurde schon dunkel, aber Mika war doch noch gekommen. Sein Umhang flatterte im Wind.

Ich: Klasse, Mika! Los, spiel den Ball zurück!

Aber Mika dachte nicht daran, den Ball zurückzuspielen. Stattdessen drehte

er sich im Kreis und ließ den Batman-Umhang flattern. Da sah ich erst die anderen: Hanna, Ella, Tiina, Timo und den Rambo!

Hanna: Mika hat uns alles erzählt.

Tiina: Wir spielen mit.

Timo: Ich schlage vor, wir spielen ein 4-3-2-1-System mit hängender Spitze.

Ella: Jetzt hast du doch noch eine Mannschaft.

Der Rambo: Ich spiel im Angriff. Wenn ich einen angreife, hat er ausgespielt!

Es war wie ein Wunder. Erst war kaum jemand da, und auf einmal hatte ich eine ganze Mannschaft zusammen. Pekkas Wunderelf!
Oder okay, wir waren nur zu zehnt. Ein Spieler fehlte noch. Aber wenn ein Hund mit drei Beinen klarkam, kam eine Wunderelf auch mit zehn Spielern klar.

Hanna: Und was ist mit Trikots?

71.

Hanna hatte recht: Ich hatte in dem Durcheinander die Trikots vergessen!

Tiina: Ohne Trikots können wir unmöglich spielen.

Das stimmte leider. Und das Turnier war morgen. Es war noch nicht mal Zeit, unsere Mütter und Väter zu bitten, dass sie uns welche nähten.
Ich schaute mir meine Mannschaft an. Und meine Mannschaft schaute sich ein Auto an, das genau da in den Park einbog. Es hielt an, und die Frau, die ausstieg, kannte ich. Sie holte einen Karton aus dem Kofferraum und kam zu uns her.

Ich: Minni!

Minni: Hallo, Pekka! Hallo, Wunderelf! Ich hab Trikots für euch.

Ich: Hä?

Minni: Die braucht ihr doch, oder? Es ist ein kleines Dankeschön dafür, dass du mich wieder mit Wertti zusammengebracht hast. Ich hab dir wahrscheinlich gar nicht erzählt, dass ich Näherin bin.

Ich: Nein.

Minni: Ich hoffe nur, ich hab die Namen richtig hingekriegt. Du hast sie mir gesagt, aber ich weiß nicht, ob ich sie mir alle richtig gemerkt habe.

Minni machte den Karton auf, und die Trikots leuchteten sogar in der einbrechenden Dämmerung. Sie waren blau, sie glänzten, und sie waren klasse. Hinten auf dem Rücken standen die Namen. Sogar für Totti gab es eins.

Am liebsten hätte ich Totti wieder mit nach Hause genommen. Aber Kauko hat versprochen, gut auf ihn aufzupassen.

Kauko: Geh nur! Sie warten auf dich. Wir zwei kommen schon klar.

72.

Erst hat mich Onkel Remu fest gedrückt.

Dann Karoliina.

Dann wieder Remu
und dann wieder Karoliina.

Nach der Drückerei kam ich mir vor wie eine Rosine.

Onkel Remu: Morgen ist dein großer Tag. Wie heißt denn deine Mannschaft?

Ich: Pekkas Wunderelf.

Onkel Remu: Schon immer?

Ich: Es ist eine neue, nicht mehr die alte.

Onkel Remu: Aha.

Karoliina: Hört sich gut an.

Onkel Remu: Als würden Messi und Ronaldo mitspielen.

Onkel Remu lachte, und als ich ihnen mein Trikot zeigte, fanden sie es toll.

Karoliina: Damit *kann* man nur gewinnen!

73.

Die Tribüne war zum Bersten voll, so viele Leute waren gekommen. Ich stand im Anspielkreis und wartete auf den Anpfiff. An meiner Brust steckte die Anstecknadel, die mir Eino geschenkt hatte. Sie glitzerte in der Sonne. Bergen 1946.
Der Schiedsrichter hatte schon die Pfeife im Mund, da zeigte er plötzlich auf Totti, der bei uns im Tor stand.

Schiedsrichter: Schafft den Hund vom Spielfeld!

Ich: Was? Aber das ist unser Torhüter.

Schiedsrichter: Runter mit ihm, sonst pfeife ich nicht an!

Ich sah, wie Kauko von der Bank aufstand und langsam auf den Schiedsrichter zuging. Er sah echt cool aus in seinem Anzug.

Kauko: Entschuldigung, Sportkamerad, aber könntest du uns bitte die Stelle im Regelwerk nennen, wo es heißt, dass dreibeinige Hunde nicht mitspielen dürfen?

Schiedsrichter: Das versteht sich doch wohl von selbst!

Kauko sagte nichts. Er schaute den Schiedsrichter nur an.

Schiedsrichter: Na schön, in den Regeln steht nichts von dreibeinigen Hunden.

Kauko ging zurück auf seinen Platz, und der Schiedsrichter pfiff das Spiel an. In unserer Mannschaft gaben alle ihr Bestes.

Kerttu und Erkki kauten ihr Kaugummi doppelt so schnell wie sonst.

Mika rannte so schnell wie noch nie vor dem Ball davon.

Totti wedelte schneller mit dem Schwanz, als ein menschliches Auge gucken konnte.

Auch alle andere taten, was in ihren Kräften stand. Darum haben wir auch nur 0:5 verloren.

74.

Ich: Guter Anfang. Zwei Spiele haben wir ja noch.

Mika: Wir gewinnen *nie*.

Ich: Wir gewinnen *ganz bestimmt*.

Ich hab den anderen meine Anstecknadel gezeigt.

Timo: Was ist das?

Ich: Eine Siegernadel.

75.

Das nächste Spiel haben wir nur noch 1:5 verloren. Das Tor schoss Totti. Er trieb den Ball mit der Schnauze übers Spielfeld und knurrte den gegnerischen Torhüter so böse an, dass er lieber die Kurve kratzte.

76.

Nur noch ein Spiel.

Mutter: Vorwärts, die Blauen!

Karoliina: Zeig's ihnen, Pekka!

Alle: Pe We Ee! Pe We Ee! Pe We Ee!

Es war das wichtigste Spiel des ganzen Turniers. Das gegen meine alte Mannschaft. In der Riku und Raku mitspielten.

77.

Wir fieberten dem großen Spiel entgegen. Das Turnier konnten wir nicht mehr gewinnen, aber jetzt ging es um die Ehre. Einos Anstecknadel war meine ganze Hoffnung. Sie musste uns Glück bringen. Ich schaute zur Tribüne, und da sah ich ihn: Eino! Er war im Rollstuhl gekommen und winkte mir zu. Ich rannte zu ihm hin.

Eino: Ich bin ausgebüxt. Tolle Anstecknadel, was?

Ich: Ja, danke!

Eino: Bergen 1946.

Ich: Genau.

Eino: Die Nadel ist ganz selten. Und ich war damals dabei.

Ich: Wo? Wann?

Eino: In Bergen 1946. Bei dem Fußball-Länderspiel. Als Finnland 0:12 gegen Norwegen verloren hat.

Ich: Ehrlich?

Eino: Ja. Aber wir haben's trotzdem überlebt. Was einen nicht umbringt, macht einen stark. Man darf sich niemals unterkriegen lassen, merk dir das! Und jetzt viel Glück fürs nächste Spiel!

78.

Der Gegner hatte Anstoß. Riku wollte auf Raku spielen, aber ich jagte ihnen den Ball ab und spielte Hanna an. Hanna trat nur leider über den Ball, und der Gegner schoss sein erstes Tor.
Nach dem Anstoß eroberten Riku und Raku gleich wieder den Ball, aber ich eroberte ihn zurück. Diesmal spielte ich Mika an, und der versteckte den Ball unter seinem Batman-Umhang. Es gab Freistoß für den Gegner, und es fiel das 0:2.
Das war der Anfang, und es ging immer so weiter. Egal, was ich versuchte, der Gegner wusste auf alles eine Antwort. Die andere Mannschaft war so überlegen, dass Riku und Raku nicht mal Witze über uns machten. Es war echt erniedrigend. Wir waren von allein so schlecht, dass man uns nicht noch zu verspotten brauchte. Auch das Publikum war ganz still geworden.

gegnerisches Tor unser Tor

Als noch fünf Minuten zu spielen waren, lagen wir 0:11 zurück. Noch ein Tor, und es war wie in Bergen 1946. Ich nahm Einos Anstecknadel ab. Sie schien uns nur Pech zu bringen, und ich beschloss, sie so weit wegzuwerfen, wie es nur ging.

Kauko: He, Pekka, hier ist noch einer, der mitspielen will!

Ich hatte noch die Anstecknadel in der Hand, als ich mich umdrehte und sah, wen Kauko meinte. Ein Typ im Kapuzenpulli lief sich an der Seitenlinie warm. Sein Gesicht konnte man unter der Kapuze nicht erkennen. Er trug blaue Hosen und Fußballschuhe in verschiedenen Farben. Ich nahm an, dass er sich keine gleichfarbigen leisten konnte. Immer noch mit der Anstecknadel in der Hand winkte ich ihn aufs Feld. In meiner Mannschaft sollten alle spielen dürfen. Kauko reichte ihm das letzte Trikot. Es war das, auf dem »Mesi« stand, aber er stopfte es nur unter seinen Pulli.

79.

Riku wollte auf Raku spielen, aber ich jagte ihnen den Ball ab und spielte den neuen Spieler an. Er stoppte den Ball mit der Brust und zirkelte ihn aus der Luft mit einem Kunstschuss ins Tor. Nicht übel.

Riku wollte wieder auf Raku spielen, aber der Neue jagte ihnen den Ball ab, lief ein paar Schritte, schlug ein Rad und zimmerte den Ball per Seitfallzieher in die Maschen. Auch nicht übel.

Riku und Raku überspielten unsere Abwehr, und Raku schoss. Aber Totti hechtete in die Ecke und wehrte den Ball ab. Er landete genau beim Neuen, der mit den Händen in den Taschen übers ganze Spielfeld dribbelte, bevor er den Ball lässig ins gegnerische Tor schob.

Eine Minute vor Spielende stand es 11:11. Die gegnerischen Spieler kochten vor Wut und Enttäuschung. Riku und Raku hüpften auf der Stelle wie Hampelmänner, und ich war mir sicher, dass wir gewinnen würden. Mit dem Wunderknaben in unseren Reihen *konnten* wir gar nicht verlieren.

Aber auf einmal zog er das Trikot unterm Pulli vor und gab es mir. Er lächelte mich an und kraulte Totti. Ich spickte unter die Kapuze, aber mehr als ein schüchternes Lächeln konnte ich nicht erkennen. Dann hob der Wunderknabe die Hand und trabte davon, bevor ich ihn nach seinem richtigen Namen fragen konnte. Dabei hätte ich ihm auf der Stelle einen Stammplatz angeboten!

80.

11:11. Noch eine Minute. Riku wollte auf Raku spielen, aber ich jagte ihnen den Ball ab und spielte Erkki an, der vor Schreck seinen Kaugummi verschluckte. Dann runzelte er die Stirn und starrte wütend auf den Ball. Als sich die gegnerischen Spieler mit wildem Geheul auf ihn stürzten, war noch genau eine halbe Minute zu spielen. Und da zog Erkki ab. Es war ein unfassbarer Hammer. Nur leider in die falsche Richtung. Und er wäre genau im Winkel eingeschlagen, wenn Totti sich nicht mit allen drei Pfoten lang gemacht und ihn gerade noch herausgefischt hätte. Von Tottis Pfoten landete der Ball auf Kerttus Kopf und von da auf Mikas Hintern, Hannas Knie, Ellas Hinterkopf, Timos Stirn und Tiinas Fuß.

Von da sprang er dem Rambo auf den Bauch, und von da rollte er mir vor die Füße. Ich nahm Maß …

… und schoss.

81.

Vater: Das war das spannendste Fußballspiel, das ich je gesehen habe.

Mutter: Ich bin so stolz auf euch alle.

Onkel Remu: Dafür müsste es eigentlich auch eine Anstecknadel geben.

Karoliina: Klasseleistung, Pekka!

Es machte mir echt nichts aus, dass mein letzter Schuss danebengegangen war und wir unentschieden gespielt hatten. Wir hatten unsere Sache gut gemacht und nicht aufgegeben. Man darf *niemals* aufgeben.

Außerdem hab ich am Ende doch noch gewonnen. Meine Eltern wollten mir nämlich was sagen.

Mutter: Wir können es ja mal probieren.

Vater: Ein Hund braucht ein Zuhause, klar.

So ist Totti doch noch bei uns eingezogen.

82.

Auch Kauko hatte große Neuigkeiten.

Kauko: Ich hab jetzt eine Stelle.

Ich: Ehrlich? Was für eine? Wo?

Kauko: In dem Trödelladen, in dem ich meine Fußballschuhe verkauft habe. Dem Besitzer hat es leidgetan, dass er die Polizei gerufen hat, aber bestimmt haben auch mein feiner Anzug und meine Fußballkenntnisse eine Rolle gespielt. Danke, Pekka!

Ich: Schon gut.

83.

Dann kam Minni und brachte mir einen Brief.

Minni: Der ist von meinem Bruder Wertti.

Mein guter (bester) Pekka,

ich bin bei den Stadtwerken beschäftigt, und zu meinen Aufgaben gehört es, Gegenstände aus dem Abwasser zu fischen, die dort nicht hingehören. So habe ich unlängst auch zehn Gewürzgläschen gefunden und wollte sie schon wegwerfen, als die Sache mit meiner Schwester Minni passierte. Sie hat mir meine Brieftasche gebracht, und nun habe ich nicht nur die wieder, sondern auch meine Schwester. Wir haben uns nämlich versöhnt, und darüber habe ich mich so gefreut, dass ich beschlossen habe, auch etwas Gutes zu tun. Darum habe ich die Gläschen nicht weggeworfen, sondern sie aufgemacht und die Briefe an Messi und all die anderen berühmten Fußballer gelesen. Ich habe sie ins Deutsche, Spanische, Englische, Italienische, Portugiesische und Schwedische übersetzen lassen, damit die Fußballer sie auch lesen können, und sie dann als richtige Briefe weggeschickt.
Erst später habe ich erfahren, dass die Flaschenpostgläschen von dir waren. Jetzt weißt du Bescheid.

In Dankbarkeit

Wertti

MESSI SPURLOS VERSCHWUNDEN!

Lionel Messi, für viele der beste Fußballer der Welt, fehlte beim letzten Champions-League-Spiel seines FC Barcelona. Zur selben Zeit erregte fernab in einer finnischen Kleinstadt ein unglaublich talentierter Fußballer großes Aufsehen. Unser Reporter hatte Gelegenheit, den Weltfußballer danach zu fragen: »Señor Messi, waren Sie das?«

»Vielleicht, vielleicht auch nicht«, antwortete er mit einem geheimnisvollen Lächeln.

Timo Parvela war lange und gern Lehrer, bevor er Schriftsteller wurde. In Finnland ist er der unbestrittene Star der Kinderliteratur, und auch in Deutschland ist seine *Ella*-Reihe Kult.

Pasi Pitkänen arbeitete nach seinem Grafikdesign-Studium einige Jahre als character designer für Rovio Entertainment. Heute lebt er als freier Kinderbuch-Illustrator in Finnland. Weltweit bekannt sind die von ihm illustrierten *Angry Birds*-Bücher.

Anu und Nina Stohner sind Mutter und Tochter und haben auch alle *Ella*-Bücher von Timo Parvela übersetzt.

Die Originalausgabe erschien 2014 unter dem Titel *Paten jalkapallokirja* bei Tammi in Helsinki.

erscheint als Hörbuch bei Igel Records, gelesen von Robert Missler.

1 2 3 4 5 20 19 18 17 16

ISBN 978-3-446-25086-4

Published by arrangement with Werner Söderström Ltd. (WSOY)

Aus dem Finnischen von Anu und Nina Stohner
Umschlag: Pasi Pitkänen
Satz im Verlag
Druck und Bindung: Friedrich Pustet, Regensburg
Printed in Germany

FSC www.fsc.org MIX Papier aus verantwortungsvollen Quellen FSC® C014889

»Timo Parvelas Ella-Geschichten gehören zum Witzigsten und Originellsten, was die Kinderliteratur seit dem kleinen Nick hervorgebracht hat.«

Felicitas von Lovenberg, F.A.Z.

Die lustigsten Sachen passieren immer in der Schule, darum gehen Ella und ihre Freunde auch in der zweiten Klasse noch gern hin.

»Ella gehört zu den wenigen Schulgeschichten, die man auch in den Ferien lesen will!«
Die Zeit

»Für alle, die beim Lesen und Vorlesen gerne lachen.«
Imma Wieck, Westdeutsche Allgemeine Zeitung

»Von Ella bekommt man so schnell nicht genug.«
Jutta Seehafer, www.alliteratus.com

»Spannend, lustig und völlig verrückt.«
Christine Lötscher, Tages-Anzeiger

»Die Bücher sind Kult …«
Katharina Mahrenholtz, www.ndr.de

Im Hanser Kinderbuch bereits erschienen:

»Ella in der Schule« (2007)
»Ella in der zweiten Klasse« (2008)
»Ella auf Klassenfahrt« (2009)
»Ella und der Superstar« (2010)
»Ella in den Ferien« (2011)
»Ella und die falschen Pusteln« (2012)
»Ella und der Neue in der Klasse« (2013)
»Ella und das große Rennen« (2013)
»Ella und der Millionendieb« (2014)
»Ella und ihre Freunde außer Rand und Band« (2014)
»Ella und die Ritter der Nacht« (2015)
»Ella und die 12 Heldentaten« (2016)

Alle Bände je 144 – 176 Seiten,
Gebunden
Auch als Hörbücher und E-Books lieferbar

PEKKA